KEIKENZUMINAKIMITO
経
経
お
その8

cters
185
180
175
170
165
160
155
150
145
140
080
075
070
白河《しらかわ》月愛《るな》
hello
白河《しらかわ》綺麗《きてぃ》
加島《かしま》龍斗《りゅうと》

chara
185
180
175
170
165
160
155
150
145
140
135
130
125
120
115
100
095
090
085
080
075
070
黒瀬海愛《くろせ まりあ》
久慈林晴空《くじばやし はるく》

cters
185
180
175
170
165
160
155
150
145
140
135
130
125
120
115
110
105
100
095
090
085
080
075
070
山名笑琉《やまな にこる》
仁志名蓮《にじな れん》
関家柊吾《せきや しゅうご》

chara
185
180
175
170
165
160
155
150
145
140
135
130
125
120
115
110
105
100
095
090
085
080
075
070
谷北朱璃《たにきた あかり》
伊地知祐輔《いじち ゆうすけ》

テーブルの下での月愛との遊戯が
隣の二人にバレたら……
という焦りで冷や汗を浮かべる
横に黒瀬さんと久慈林くんがいるのに
なんでそんなにエッチなんですか⁉

……リュートは、どうしたい？

経験済みなキミと、経験ゼロなオレが、お付き合いする話。その8

長岡マキ子

ファンタジア文庫

3416

口絵・本文イラスト　magako

CONTENTS

プロローグ

「にっ、妊娠っ⁉　アカリが⁉」

隣の月愛《るな》が、スマホを耳に当てたまま叫んだ。

沖縄旅行二日目の晩、イッチーと谷北さんから、俺と月愛に突然かかってきた電話だった。

これからエッチなことに及ぼうとした矢先だったので、月愛の格好はブラジャーとパンツのみだ。

「なぁ、カッシー、俺どうしたらいいと思う⁉」

スマホを当てた耳に、イッチーからの悲痛な声が飛び込んでくる。

「まだ三年生だし、卒業しないと一級建築士の資格も取れないのに！　病院代とか出産費用とか、俺の人生どうなっちゃうんだよ⁉」

「えっ、産むの⁉」

非人道的かもしれない問いだが、驚いて、思わず訊《き》いてしまった。

「わっかんねーよ！　もしかしたら何かの間違いかもしれないし！」

「えっ？　ってことは、病院に行って言われたわけじゃないってこと？」

「検査薬だよ！　アカリが生理来ないって言うからドラストで買ってきて、一本やって陽性だったから、念のため違うメーカーのやつ、もう三本買ってきたんだけど、それも全部陽性で！」

「………………」

「三本分のおしっこムリヤリ絞り出したから、もう膀胱《ぼうこう》カラッカラなんだけど！」

横から、谷北さんの声もする。

「え、なになに、なんの話？　アカリ？」

イッチーの声が聞こえないらしい月愛が、自分のスマホを耳に当てて怪訝《けげん》な顔をする。

「……っていうか、イッチーと谷北さん、一緒にいるんだよね？　俺と月愛も一緒にいるから、電話一本にしない？」

「えっ、アカリ、白河《しらかわ》さんに電話してんの⁉」

「えっ？　もしかして、ユースケがかけてる相手って、加島《かしま》くん⁉」

二人もそれで気づいたらしい。どうやら、結果が出てすぐのパニック状態で、連絡が来たようだ。

そうして、谷北さんが月愛との通話を切って、俺たちは四人で話すことにした。

ベッドの上に置いた俺のスマホをスピーカー通話にして、俺と月愛はその両脇に座った。

ちなみに、月愛は電話を切ったタイミングで、ホテルのパジャマを着た。

イッチーたちのことは確かに気になるが、正直、俺はめちゃくちゃヘコんでいた。月愛とのエッチなイベントが、一旦お預けになってしまうことが確定したからだ……。

それにしても、かえすがえすも口惜《くちお》しいのは、このタイミングで月愛が生理になってしまったことだ。それがなかったら、俺たちは今頃もうくんずほぐれつで、電話なんて無視できたかもしれないのに。

俺はまた童貞を捨てられなかった……一体これで何度目だろう。神様はそんなに俺を大人にしたくないのだろうか。

あんまりだ！　せっかく時間とお金を使って沖縄まで来て、絶好のシチュエーションだったのに。観光は楽しかったし、別にそれが目的だったわけじゃないけど……いや、やっぱりそれが目的だった。少なくとも俺は……。

ああ、月愛に触りたかった……。極限まで密着して、一緒にお風呂《ふろ》なんか入ったりして、飽きるまでイチャイチャしたかった。

逃した魚は大きいというけれど、逃したタイミングが大きすぎて、悔やんでも悔やみきれない。時間を巻き戻してほしい。今夜こんなことになるとわかっていたら、いくら寝不足でも、目に歯磨き粉を塗ってでも、昨晩のうちに事に及んだのに。

心の中はそんな悔恨でいっぱいで、俺は抜け殻のように茫然《ぼうぜん》と、イッチーたちの話を聞いていた。

「四本とも……全部陽性なら、妊娠のカノーセーは高いよね……」

改めて状況を聞いた月愛が、深刻な顔でつぶやいた。

「いや、まだ決まってないだろ……」

最後の希望なのか、イッチーは頑《かたく》なに反論する。その声は震えていた。

「ほら……『想像妊娠』とか、あるって言うじゃん……？」

「文系の俺が言っても説得力ないかもだけど、想像力で、検査薬を陽性にする化学物質は生成できないと思うよ……？」

自分が落胆の最中にいるところなので、やたらと冷静なツッコミをしてしまった。

「わかんねーじゃん！　人間の想像力ってすごいだろ⁉」

イッチーは食い下がる。

「でも、子ども欲しがってたわけじゃないんでしょ？」

二人のこの慌てぶりでは、とても想像妊娠してしまうくらいそれを望んでいたようには思えない。

「っていうか、二人って……避妊とかしてなかったの？」

月愛が言いづらそうに尋ねた。

確かに、イッチーは高校の頃から「何かあったときのために陰キャでもゴムの一つくらい持ち歩くべきだ」と俺に説いていたくらいなのに。

「してたよ……。でも一回、中で破れてたことがあって……」

「だから言ったじゃん！　『それ、ほんとに大丈夫？』って！」

イッチーの言葉に、谷北さんが急に逆上し始めた。

「なんかピッチピチで苦しそうだし、『破れたりしないの？』って訊いたら『大丈夫だろ』って！」

「だから、あれからはホテルの使わずに済むように、自前の箱で持ち歩いてるだろ⁉」

「もう遅いじゃん！　こうして陽性出ちゃってるし！　絶対あのときのじゃん！」

「でも、あのとき先に『もう一回したい』って言ったのアカリだろ⁉」

「は⁉　自分だってやる気満々だったくせに！　だったら言えばよかったじゃん！　『Lじゃないと入らないから、今日はもうできない』って！」

「俺だってアカリが初めてだったし、よくわかんなかったんだよ！　まさか、ちょっと小さいからって、ヤッてる途中で破れるとは思わねーじゃん！　お前だって『たぶんへーキっしょ』とか言ってたくせに！　心配なら、なんかそういう薬とか飲んだりしたらよかっただろ⁉」

「なんであたしが⁉　あんたが自分のモノのサイズわかってなかったからこうなったのに、なんであたしの責任になってんのよ⁉　アフターピルなんて病院行かなきゃもらえないんだからね⁉　あんた、街のレディースクリニックの混雑ぶり知らないでしょ⁉」

「…………」

電話の向こうで壮絶かつ生々しい口論が始まってしまい、置いてけぼりの俺と月愛は、ポカンとして顔を見合わせる。

ちなみに、俺がイッチーの裸を見たのは高一の宿泊行事のときが最初で最後で、そのときはまだ太っていて下腹の肉の迫力がすごかったから、イッチー自身がそんなに大きいなんて知らなかった。

「ま、まあまあ……。イッチーが言うように、検査薬だけだと『まだ決まってない』わけだから、明日にでも、とりあえず二人で病院に行ってきたら……？」

「……明日、仕事あるんだけど」

谷北さんが、ぶすっとした声で答えた。

「そーいえば、アカリって学校卒業して、就職したの？　インスタに仕事のこと上がらないから、気になってたんだ。伊地知《いじち》くんとラブラブで、しばらくみんなと疎遠だったじゃん？　海愛《まりあ》も知らないって言うし」

月愛が、思い出したように尋ねた。

「就職はしてない。専門学校の先輩でイメコンやってる人がいて、その人の予約の管理とか、資料作りとか、お客さんへの対応とかの事務仕事してる」

「バイトってこと？」

「そ。でも、そのイメコンの先輩、今インスタでめちゃめちゃ人気で、一年先まで毎日予約いっぱいだから、めっちゃ忙しいの。いろんなお客さんとのやりとり見てて勉強になるし、楽しいよ」

「へぇ〜、確かにアカリには向いてそう」

「……ごめん、『イメコン』って何？」

そこで俺は、月愛にだけ聞こえる声で尋ねた。頭の中では、高級車の横に立っているセクシーなお姉さんが浮かんでいて、自分でも「それは『イベコン』だ」とわかっていた。

「ああ、イメコンは『イメージコンサルタント』の略で、パーソナルカラーとか骨格診断るよ」

とかやってる人だよね？」

「そうそう。うちの先輩は、その他にメイク検定とかマナー講師の資格も持ってて、『女性がキラキラ輝く毎日を送るための、トータルライフサポーター』って肩書きで活動してるよ」

月愛の答えを補足するように、電話越しの谷北さんが言った。

「ご、ごめん、『パーソナルカラー』も『骨格診断』も、謎なんですが……？」

申し訳なさそうに質問を重ねる俺に、月愛が「そーだよね」と苦笑する。

「要するに、その人に似合う色とか、服の形、雰囲気を、一人一人に教えてあげる仕事、かな？」

「そーそー。あと、特に女性には『なりたい外見のイメージ』を持ってる人が多いから、『自分の身体《からだ》や顔の雰囲気に似合う系統が、自分の好みじゃない』ってこともけっこうあるんだよね。そういうときには『似合う』と『好き』をすり合わせるために、丁寧にカウンセリングして、お客さんと一緒に落としどころを探していく、みたいなこともやってるかな。目指す方向性が決まったら、一緒に服を買いに行ってコーデを組んであげる『ショッピング同行』とかのプランもあるから、スタイリスト的な仕事もできて楽しそうなんだよね。そういう職業もあったんだなーって。あたしもいつか独立してイメコンやれたらなって、今は毎日先輩の仕事見て勉強してるんだ」

そう語る谷北さんは、電話越しでもわかるくらい生き生きしていて、今の仕事が好きなんだなということがわかった。パパ活嬢時代の彼女を思い出して、旧友として安心するような気持ちになる。

「……でも、妊娠・出産ってなったら、それも諦めなきゃいけないんだよね……」

谷北さんの声が、そこで急に暗くなった。

「……アカリ、その……」

月愛《るな》が再び言いづらそうに口を開いた。

「もし妊娠してたら……産みたいと思ってる？」

さっきの俺と同じ質問だ。

「……産みたいっていうか……」

少し間があって、谷北さんは答えた。

「……『堕《お》ろす』って選択肢がないんだよね」

絶望の淵《ふち》から聞こえてくるような、暗い声だった。

「だってあたし、ユースケのこと好きだもん。ずっと一緒にいたいって思ってるし、子どもだって、いつかは欲しいと思ってたし……」

高校時代の二人しか知らない俺は、内心の驚きを隠せず目が泳いでしまった。それは月愛も同様だったようで、激しく宙を彷徨《さまよ》う視線同士が一瞬かち合ったのが、こんなときだけど面白かった。

「ただ、『なんで今なんだろう？』って思うけど……」

谷北さんの沈んだ声で、再び重苦しい空気になる。

「ようやくやりたい仕事も見つかって、好きなことでお金もらえて毎日充実してて……友達と旅行行ったり、絶叫系乗ったり、オシャレなカフェでアフタヌーンティーしたり、若いうちにやりたかったこと、まだまだいっぱいあるのに……」

そう言う谷北さんの声に、涙が混じり始めた。

「ねぇルナち……病院行って、ほんとにお腹《なか》に赤ちゃんいたら、あたし、どうしよう……」

しゃくり上げながら言う谷北さんにつられるように、隣にいる月愛の目にも涙がこみ上げてくる。

「アカリ……」

悲痛な顔でスマホを見つめる月愛の横で、俺は。

さっきからずっと黙ったままではあるが、こうしている今も谷北さんの隣にいるであろう、イッチーの心中を想像していた。

◇

結局、電話では何も解決しなかったが、二人の状況だけはわかったので、「次の休みに二人で産婦人科に行く」ということを提案して、通話を終了した。

「……妊娠かぁ……」

電話を切ってしばらくしてから、月愛がつぶやいた。

月愛はベッドに座ったままで、何か考え込んでいるようだった。

「……確かに、いくら避妊してても失敗するリスクはあるし、一度でもエッチしたら、妊娠するカノーセーはゼロじゃないんだよね……」

「……そうだね……」

俺は相槌《あいづち》を打つが、月愛はそれも耳に入っているかわからない様子で、項垂《うなだ》れている。

「……リュートと付き合う前のあたしって、ほんとに、そーゆーこと深く考えたことなかったな……」

ため息をつくように、月愛はそう言った。

「『この人との赤ちゃんが欲しい』って思う人とする、ってことはもちろんだけど……『今、産みたい』って思うタイミングでしか、するべきじゃないことだったのかもしれないね……」

ん？　と心がモヤッとする。

「あたし、来月から専門学校に通って、保育士になる夢を叶《かな》えようって思ってるのに……アカリみたいに今妊娠しちゃったら……きっと、すごく困ると思う」

それはそうだと思う。

しかし、この流れは……えっと……？

戸惑う俺に向かって顔を上げ、月愛は悩ましい顔つきで口を開いた。

「あたしたちって……ここまで来ちゃったら、もしかして……先に結婚するってのもアリなのかな？」

結婚、の言葉に、心臓がドキッとする。

「ちゃんと一緒に生きてく生活のキバンを作って、たとえ妊娠してもダイジョーブ！　って思えるくらいの状況になってから、そーゆーことした方が、お互い安心だよね？」

「…………」

安心、という点では、確かにそうかもしれない。

だが、その問いにたやすく頷《うなず》きたくない気持ちもあった。

だって、俺たちはそもそも、結ばれるために沖縄旅行に来たと言っても過言ではないはずで。

月愛の急な生理で初体験はお預けになったものの、月愛が口でしてくれるって話になって、でも、なんだかそれすら流れそうな空気になっていて……？

えっ？　俺、今回も生殺しですか？　しかも、結婚するまでだって!?

そんなの耐えられない……しかし、この雰囲気は確実に、その方向へ進んでいて……。

ほんとに？　マジで？

無理だ！　せめて口でしてくれ！　手でもいいです！　してください……お願いします
……！

さっきまであんなにいい感じだったのに、嘘《うそ》だろ!?

嘘だって言ってくれ、月愛！

頭の中で懇願したり、咆哮《ほうこう》したり、ぐちゃぐちゃな思いでいっぱいになりつつも。

「……リュートはどう思う？」

そんなふうに心細げな顔で見つめられたら、俺は……。

「……そうだね……。俺も……そう、思う……よ……」

18

そんなふうにしか、答えることができなかった。

第一章

こうして、三泊四日の沖縄旅行が終わった。

三日目の晩も、月愛は「アカリたちどうなったのかな」なんて気にしていて、なんだかそういう雰囲気になることなく、俺は悶々《もんもん》としたまま、彼女の隣のベッドで就寝した。


レンタカーを返して向かった那覇空港で、飛行機の搭乗時間を待ちながら、俺たちはお土産屋さんをぶらついていた。

さすがは一大観光地の空港とあって、お土産売り場のフロアは広大で、いくつものエリアに分かれている。

一応お土産を選んでいるポーズではあるが、目の前の光景は何も、俺の思考まで達していなかった。

考えているのはもちろん、今回の旅行の不本意な結末についてだ。

一昨日、月愛に「せめて口でしてくれない？」と言えなかったのは、未練がましくてダサいと思ってしまったのが一番の理由だけれども、思えば俺は、そもそも性的なことについて月愛とあけすけに話すのが苦手だ。

　それは、月愛と比べて圧倒的な経験不足という事実から来る、俺のコンプレックス。

　それに、付き合い始めたときに「月愛の意志を尊重する」と、あまりにも固く誓いすぎたことに起因する気がする。

　彼女と性的な話をしたらヤリたくなるに決まっているから、俺は今まで、敢《あ》えてそれを回避してきたのだった。

「あっ、それ美味しそー！」

　その声に横を見ると、別々に見て回っていたはずの月愛が隣にいて、俺の視線の先を見ていた。

　ぼんやりしていただけなので、土産を吟味していたわけではないのだけれども、俺の目の前の棚にはレトルトカレーのパッケージが並んでいた。

「『ちゅら海の防人《さきもり》カレー』……那覇空港限定だって、美味しそー！　てか『サキモリ』ってなんだろ？」

「……古代の日本で、九州を守ってた軍人のことじゃなかったっけ？」

「そーなんだ！　さすがリュート！　めっちゃ頭いー！」

月愛《るな》がキラキラした瞳で見つめてくる。間違っていたら恥ずかしいから大声で褒めないでほしいけど、カレーのパッケージに「海上自衛隊オリジナルレシピ」と書いてあるし、武人繋《つな》がりの命名ということで、まあ合ってるだろう。

「えー買ってみよー！」

月愛は持っていたカゴに、カレーの箱を何個か入れた。

「おねーちゃん、カレー好きだからあげよー！　今度会うんだよね」

「そうなんだ。久しぶりじゃない？」

「うん！　めっちゃ楽しみー！」

月愛のお姉さんは、神奈川県の横須賀《よこすか》で美容師として働いている。住んでいるのもその辺りなので、年に何度かご飯を食べに行く、くらいでしか会っていないようだ。

「お姉さん、今いくつだっけ？」

「えーっとね、あたしと七歳違いだから……今は二十八かな」

「そっか」

月愛のご両親が離婚したとき、お姉さんは一応父方の白河《しらかわ》姓を選んだものの、もう高三だったから、卒業と同時に家を出てしまって、今の白河家ではほとんど暮らしていないと聞いた。

なんで実家から遠く離れた場所に住んでいるかといえば、当時付き合っていた彼氏と、彼の職場の近くで同棲《どうせい》を始めたから。その彼氏とは別れてしまったものの、お姉さん自身の就職先や行動範囲が神奈川方面になってしまったみたいだ。

ちなみに、お姉さんは今も、何代目かの彼氏と同棲しているという話だ。

「お姉さん、今の彼氏とは長いんだっけ？」

「えっとね、もうすぐ三年って言ってた。そろそろ結婚するかもね」

月愛が笑って答えて、俺はドキッとする。

——あたしたちって……ここまで来ちゃったら、もしかして……先に結婚するってのもアリなのかな？

結婚。

それはまだ、俺たちには遠いところにあるはずのものだった。

もちろん月愛との結婚生活を夢想したことは幾度もあるけど、その単語が現実味を帯びるのは、少なくとも、俺が卒業して就職して、仕事が軌道に乗ってからのことだと思っていた。

でも、初体験が結婚とセットになるなら、話は別だ。

今すぐ結婚したい。

でも、今すぐなんて無理だ。

いや、俺が今したいのは結婚じゃなくて初体験で、でも、谷北さんの件があって、同じ女性として不安に思う月愛の気持ちもわかるし、そんな彼女の気持ちを無視してゴリ押しはできないし……！

旅行後半は、この思考の堂々巡りで、ずっと悶々としていた。

「リュートは？　お土産買わないの？」

俺の持つ空のカゴをのぞいて、月愛が尋ねる。

「え？　……ああ、買うよ。家とバイト先用くらいだから、無難なやつでいいかな……」

「じゃあ、あのへんだねー！」

月愛が指を差すのは、店の入り口付近にある平台だった。

そこに大量に積み上げられた箱の「ちんすこう」の文字が、なんだか月愛にしてもらいそびれたことのアナグラムに見えて、潜在意識まで欲望に乗っ取られている自分に辟易《へきえき》した。

◇

「加島《かしま》くん、お土産ありがとう。さっき食べたけど、美味《おい》しかった」

旅行明けの編集部バイトの終わり、一緒に退勤した黒瀬《くろせ》さんに、エレベーター前で言われた。

結局、ちんすこうは無難すぎるかなと思って、編集部には紅芋タルトを持っていった。空きデスクに置いて、みんなに持っていってもらえるようにしておいた形だ。

「沖縄、どうだった？」

黒瀬さんの瞳に、好奇心のようなものが表れているのを感じる。

「……うん、楽しかったよ」

エレベーターに乗り込みながら、俺は努めて普通に答えた。

「ふうん？」

他に人が乗っていたためか、黒瀬さんはちょっと物足りなそうな顔をしつつも、それ以上詮索はしてこなかった。俺も、彼女が俺と月愛のことをどこまで聞いているかわからないので（たぶん、ある程度は知っているのだろうと思う）、この話題は居心地が悪い。

「……あ、そうだ」

エレベーターから降りて社屋を出るとき、黒瀬さんが思い出したように言った。

「食事会、まだ？」

「えっ？」

「言ったじゃない。森鴎外《もりおうがい》の人との……」

「……ああ！」

それで思い出した。それは、黒瀬さんが既婚者のイケメン漫画家・サトウナオキと急接近して、彼への恋心を諦めたときのことだ。

――久慈林《くじばやし》くんはいい人だよ。彼氏とか、恋愛対象としては見られないかもしれないけど……黒瀬さんには、久慈林くんみたいな人と友達になってみてほしい。

――海愛《まりあ》の場合、恋愛より先に、男の人に免疫つけた方がいいって。

俺と月愛にそう諭された黒瀬さんが、久慈林くんとの交流に前向きになってくれたのだった。

――よかったら、今度ご飯にでも誘ってくれない？　月愛と加島くんと……四人で話したいな。

確かに、そう言われていた。

でも、あのときは、失恋直後で多少ヤケクソな気持ちで言ったのかなと思っていたが、この様子を見ると、本当に会いたいと思ってくれているみたいだ。

そういうことなら。

「ごめん、忘れてた。すぐに久慈林くんに話してみるよ」

そんな俺に、黒瀬さんは微笑を向ける。

「ありがとう。お願いね」

その顔には、あの日、夜空を見上げて涙を流していた彼女の悲痛な面影はない。

黒瀬さんも、前を向いて進んでいる。

そのことに少し勇気づけられて、俺は退勤ラッシュの街の人波へ踏み出した。

◇

その週の土曜日のことだった。塾バイトが終わって、帰宅しようとした二十二時、控え室で確認したスマホに月愛からの着信が入っていた。

「……月愛？　どうしたの？」

退勤して、通りを駅の方へ向かって歩きながら、電話を折り返した。

「ああ、ごめん、リュート……でも、今ちょっと大変で……キャー！」

月愛の悲鳴と共に、ガタガタッと物音がする。月愛以外の女性の泣き声のような声も。

「え、ど、どうしたの⁉　大丈夫⁉」

「ごめん、ちょっとキンキューで相談乗ってもらいたかったんだけど、今それどころじゃなくて！」

「えっ、相談⁉　何⁉」

「キャー！　ダメだって！　おねーちゃん……！」

そこで、電話は切れてしまった。

すぐにかけ直ししても、もう月愛は電話に出ない。

「一体何が……」

電話口の、のっぴきならない様子を思い出して、心配で居ても立ってもいられなくなる。

おねーちゃん、と月愛は言っていた。

お姉さんが関係しているなら……もしかしたら、黒瀬さんなら何か知っているかもしれない。

そう思って、俺は思いきって黒瀬さんに電話した。

「もしもし、加島くん？」

黒瀬さんはすぐに電話に出てくれた。

「急に電話してごめん」

「ううん、どうしたの？」

「さっき、俺の塾バイト中に月愛から着信があったんだけど、折り返したら、なんか取り込み中みたいで……『おねーちゃん』とか言ってたから、黒瀬さんなら何か知ってるかもと……」

「ああ、そうなの。実は、お姉ちゃんが彼氏にフラれたみたいで」

「えっ？　同棲してたっていう？」

「そう。突然出て行かれて……すごくショック受けてて、一人にできない状態みたいなの。さっきベランダから飛び降りようとしたって……」

「えっ⁉」

「わたしも月愛から連絡あって、応援に行きたいんだけど、今夜はおばあちゃんの具合が悪くて……おじいちゃんも相変わらずだし、わたしもお母さんも、家を空けられそうになくて」

「そうなんだ……」

頭の中で、さっきの月愛の「キャー」という悲鳴が鳴り響いている。

何をするかわからないお姉さんに一人で対応している彼女は、さぞかし不安で心細いだろう。俺に相談したかったのも、そのことなのかもしれない。

「……お姉さんの家って、横須賀《よこすか》のどこ？」

「えっ？」

黒瀬さんは驚いている。

「もしかして、加島くん、行ってくれるの？」

「……うん。月愛《るな》が心配だから……」

数時間立ちっぱなしで脳みそフル回転だった塾バイトのあとのしんどさを抱えてはいたものの、このまま帰って、月愛を案じているよりは、その方がいい。

「……ありがとう、加島くん。月愛は本当に幸せ者ね」

電話の向こうで、黒瀬さんが優しい声色でそう言ってくれた。

そうして、黒瀬さんからお姉さんの家の住所を聞いた俺は、そのまま駅へ向かって、もう人の少ない上り電車に乗った。

◇

東京を縦断する長時間の電車に乗って、黒瀬さんから教えてもらった最寄駅《もよりえき》で降りると、お姉さんの家の住所を地図アプリに入力して、知らない夜の街を一人歩いた。

もう終電も近いので、今から駅に向かう人は、自宅へ帰る人ばかりだろう。俺は、今夜はもう帰れなそうだな……などと思いながら、月愛を案じて足早に、地図に示される道を歩く。

週末の街の緩んだ空気が漂う駅前を過ぎて、人気の少ない住宅街にさしかかった頃、そのマンションにたどり着いた。

パッと見て五階建てくらいの小規模マンションで、外壁の感じから、けっこう年季が入っていそうだ。

三階のお姉さんの家に表札は出ていなかったが、外廊下を歩いていると、部屋番号を確認するまでもなく「そこだ」とわかった。

ドアの外まで、女性の号泣する声が聞こえていたからだ。

チャイムを押したが、返事はない。

ノブを回すと鍵はかかっていないようなので、失礼だとは思ったが、緊急事態ということでそのまま扉を開けた。

「月愛？」

驚かせないように声をかけながら玄関に入ったのだが、俺を見た月愛は、お化けでも見たかのように驚いていた。

「リュート!?　えっ!?　ウソ!?」

月愛は、床に座っていた。狭いワンルームで、玄関を入ると、室内がほぼ全部見える間取りだった。

月愛の隣には、テーブルに突っ伏して背中しか見えない女性がいる。

「どうしたの、リュート!?　なんでここがわかったの……!?」

「黒瀬さんに訊《き》いた。月愛が心配だったから……」

「リュート……！」

俺の説明に、月愛が瞳を潤ませる。

「ありがとう……」

そして、隣に突っ伏している女性に声をかけた。

「おねーちゃん、リュートが来てくれたよ」

「……リュート……？」

「ほら、あたしの彼氏の……」

「……彼氏……」

こちらに背を向けている女性は、そうつぶやくと、一際《ひときわ》大きな声で泣き始めた。

「うわぁああーん！　ライくーん！」

「わわわ、ごっ、ごめん！」

月愛がしまったという顔で、慌てて彼女の背中を大きくさすった。俺に目を向けて、困ったような微笑を浮かべる。

「お、お邪魔します……初めまして……加島龍斗《かしまりゅうと》です。突然すみません……。こんなものしかなかったのですが、よかったら……」

駅前のコンビニで買ったおにぎりとペットボトルがいくつか入った白いビニール袋を、手土産代わりにテーブルに置く。

「あっ、ありがとリュート！　食べ物欲しかったんだぁ、嬉《うれ》しい！」

それを見て、月愛が目を輝かせる。

「ほら、おねーちゃん、おにぎりだって。食べよ？　朝からなにも食べてないでしょ？」

「うわーん！」

お姉さんはテーブルに突っ伏して泣き声を上げたまま、ビニール袋に手を突っ込んだ。おにぎりを一つ取り出し、外装フィルムをノールックで剝がして海苔《のり》を巻き、突っ伏した顔の口元に運んで食べ始めた。

「……き、器用だね、おねーちゃん……」

月愛が呆《あき》れたような感心したような声を上げる。なんだかんだ生きる気は満々みたいでよかった。

五個買ってきたおにぎりは、お姉さんが二個、月愛が二個、俺が一個食べて、あっという間になくなった。電車に乗る前に、駅で立ち食いそばを食べておいてよかった。

「……落ち着いた？　やっぱ空腹はよくないよね」

ペットボトルのお茶を飲んでいるお姉さんに、月愛が小さい子を諭すように言う。

お姉さんは、小さく頷《うなず》いた。

「ありがと、リュートくん……」

ようやく顔が見えたお姉さんは、すっぴんの泣き腫らした顔でもわかるほど美女だった。

月愛の姉・白河綺麗《しらかわきてぃ》さん。妊娠当時高校生だったお母さんの好きだったキャラクターが、名前の由来らしい。

月愛から時々写真を見せてもらっていたので、会う前から雰囲気は知っていた。でも、会ってみると、聞いていた以上に……デカい。

何がとは言わないが、部屋着のパーカーのジッパーからのぞきかけている二つの膨らみが……目のやり場に困るほど存在感を主張している。

肩下まである髪は、美容師さんらしくハイトーンのオシャレカラーで、なんというスタイルなのかは知らないが若い女性に流行《はや》っている感じだ。

顔立ちは、月愛にも黒瀬《くろせ》さんにもちょっとずつ似ているけど、全体的な印象がギャルっぽいので、イメージは月愛に近い。いや、それにしても胸がデカい。あ、言ってしまった。

慌てて視線を部屋に移す。来たときはそれどころではなかったけど、改めて見てみると、さほど広くないワンルームのわりには物で溢れ返っていない印象を受けた。

「……昨日の夜、仕事から帰ってきたら、ライくんの持ち物がほとんどなくなってて……LINEもブロックされてて……」

俺の視線から疑問を感じ取ったのか、お姉さんが涙ぐみながら説明を始めた。月愛も補足して、わかった事情は次の通りだ。

お姉さんの彼氏の「ライくん」は、なんの前触れもなく突然、家を出ていった。翌日、つまり今日、月愛と外で会う約束をしていたお姉さんだったが、それどころではなく、事情を聞いた月愛がこの家を訪れると、お姉さんは泣いて荒れていた。今日が休日だった月愛は、そんな姉を心配して一日付き添っていたということだ。

そして、そのお姉さんの彼氏の「ライくん」は、なかなかパンチの利いた男だった。

お姉さんより四学年年下の二十三歳。職業・自称シンガーソングライター。

つまり、無職だ。

自分で作詞作曲した歌を、時々駅前などの路上で歌っているらしい。収入はその投げ銭だが、毎回ゼロに等しいということで、生活費はほとんどお姉さんが出していた。

「アルバイトも続かなくて……風俗の受付も、キャバクラの黒服も、ホストクラブの内勤も、どれも数週間で飛んじゃって」

「……な、なんか、バイトの経歴偏りすぎじゃないです？　もっと普通の飲食店とかは……？」

「昼夜逆転してるから、夜オンリーの仕事しか無理なんだって」

「……それは、生活習慣を直せばいいのでは……」

「作詞作曲活動は、夜しか捗《はかど》らないんだって」

「…………」

知らんがな、と心でツッコんだ。ダメ人間の匂いがプンプンする。

「おねーちゃんはね、『人をダメにするソファ』なんだよ」

そこで、月愛がそんなことを言い出した。

「あまりにも座り心地がよすぎて、やらなきゃいけないことやらずに一日ソファでダラダラしちゃった……みたいなあれ。おねーちゃんの歴代彼氏、みんなそうだもん。お金の面も含めて、おねーちゃんが面倒見すぎちゃうから、なんにもしなくなっちゃうんだよ」

あまり他人に対して辛辣なことを言わない彼女だが、身内に対しては、たまに辛口発言が出るなと思った。

「でも、ライくんには夢を叶《かな》えてほしいし、黙って見てても働かないから、あたしが面倒見なきゃって」

卵が先かニワトリが先かみたいな反論をするお姉さんを見て、月愛はそっとため息をつく。

「……おねーちゃん、昔から優しかったもんね。あたしと海愛のことも、小五までお風呂《ふろ》から出たら毎日タオルで身体《からだ》拭いてボディローション塗って、ドライヤーしてくれて。耳掃除も、歯の仕上げ磨きもしてくれて……」

「そういう子ども扱いが、ライくんはイヤだったのかな……？」

「えっ、それ彼氏にもやってたんですか⁉」

驚いて訊いてしまった俺に、お姉さんはコクリと頷く。

「だって、好きな人には、全部やってあげたいじゃない？」

「………………」

こんな巨乳美女にそんな王族のような扱いをされて養ってもらっておきながら、その彼氏は一体何が不満だったんだろうと思うが、不満の原因もなんとなくそこにあるのではないかという気がしてしまうから不思議だ。

「わぁん！　ライくぅぅぅーん！」

そこでお姉さんが思い出したように泣きわめき出して、月愛《るな》が再び背中をさする。

「わかったから、もう寝よ？　昨日から寝てないんでしょ？　身体に悪いから、ちょっと横になった方がいいよ」

「うわぁん……！」

お姉さんは泣きながら、月愛に言われて、壁際《かべぎわ》にあるベッドによろよろと上る。

ベッドはどう見てもシングルなんだけど、彼氏はどこに寝ていたんだろうと疑問がよぎる。

すると。

「一人じゃベッドが広すぎるよぉ〜！」

お姉さんが泣きながら訴えた。

マジか……ここに二人で寝ていたのか……。

それを言うなら、この部屋は明らかに単身向けのワンルームで、大人が二人で暮らすような部屋ではない。お姉さんが家賃も一人で払っていたのだろうから、贅沢《ぜいたく》はできないのだろうと想像するけど。

「はいはい、あたしが一緒に寝るよ」

月愛が言って、ベッドに横たわる。お姉さんを壁際に寄せるようにして、狭いベッドから落ちないようバランスを取りながら、半分身を起こして、お姉さんの背中を優しくさすった。

「ううぅ……」

お姉さんはしばらく嗚咽《おえつ》していたが、やがて閉じた目から新たな涙は溢《あふ》れなくなり、その呼吸が安らかになってきた。

「……寝たみたい。疲れてたんだね」

そう言ってこちらを振り返った月愛は、小さい子を寝かしつける母のように、慈愛に満ちた表情をしていた。

「ほんとありがとうね、リュート。ごめんね……。あたし、今夜はここにいようと思うんだけど、リュートはどうする？」

「うん、俺も……迷惑じゃなければ、一緒にいるよ」

せっかくここまで来たのだし、まだまだお姉さんは予断を許さなそうな様子だし。

「じゃあ、うちらも休もうか。お泊まりグッズなんて持ってきてないよね？」

「ああうん……別にいいよ、一晩くらい」

そうか、ここで雑魚寝《ざこね》か……と悟った。お姉さんから目を離せないのだから、まあそうなるよな。

「あたし、来るときに歯ブラシだけは多く買っといたんだ。海愛《まりあ》とか使うかなと思って。よかったら使って」

「ありがとう」

月愛から受け取った新品の歯ブラシで歯を磨いて、俺はバスルームに向かった。

小さな洗面台の上に、歯ブラシが二本立ったプラスチックのコップがあった。黒い歯ブラシと、白い歯ブラシ。

お姉さんと彼氏のかな、と思った。さすがに、使いかけの歯ブラシは持っていかなかったのかもしれない。

「……ごめん、どのコップで口ゆすげばいいかな？」

居室に戻って月愛に聞くと、同じく歯を磨いていた月愛が「えっとねぇ」と立ち上がった。

「普通のコップでいいよ。このへんに……」

キッチンの上の吊《つ》り戸棚を開けると、中にマグカップが何個も並んでいた。

色違いなどでおそろいの柄のマグカップが、きれいに二つずつ。

「…………」

お姉さんと彼氏の同棲《どうせい》の痕跡を家のあちこちに見つけてしまって、なんだかソワソワする。

同棲か……。

月愛との結婚に当たっては、やはり同棲から始めるのだろうか？

こんなふうに、歯ブラシを二本並べたり、おそろいのマグカップを買ったり……？

ダメだ、恥ずかしくなってきた。目の前にお手本があるから、生々しく想像しすぎてしまう。

「ふーほー、ほへん」

洗面台でマグカップを手にぼんやりしていたら、色違いのマグカップを持った月愛が、後ろから声をかけてきた。たぶん「リュート、ごめん」と言ったのだろう。

俺が洗面台の前を譲ると、月愛はマグカップの水で口をゆすいで、洗面台に吐き出した。歯磨き粉で白濁した粘度のある水が流れていくのが目に入り、なんだかホテルでは感じられなかった生活感にドキドキする。

同棲したら、結婚したら……こんな毎日を二人で送るのか……。そんなことを考えて。

「わーんっ、ライくんっ！」

そのとき、急にお姉さんの声がした。

見ると、ベッドからお姉さんが勢いよく起きて、ふらふらと立ち上がろうとしている。

「ムリだよぉ、あたしどうしたらいいのー」

お姉さんは寝ぼけているみたいで、目を閉じたまま、ゾンビのようによろよろ歩き出した。

「おねーちゃん……⁉　だ、だいじょぶ⁉」

月愛と俺が見守る中、お姉さんは台所へやってきて、冷蔵庫の扉を開けた。

中から取り出したのは、銀色と水色のロング缶。側面に「STRONG」と書いてある。

ストロング系のチューハイだ。

お姉さんは目を瞑《つぶ》ったまま、プシュッとプルタブを引いて、その缶に口をつけた。

ゴクゴクと喉が動いて、缶の角度がぐんぐん顔と垂直に近づいていく。

「ぷはぁー……」

なんと五百ミリ缶を一気飲みして、お姉さんは缶を流しに放った。アルミの軽い音で、中身が空だとわかる。

「………」

俺と月愛が呆気《あっけ》に取《と》られていると、お姉さんは再びよろよろと歩き出して、ベッドに戻った。

そして、寝た。

「…………」

「……あれ、アルコール度数高いやつだよね？　大丈夫？」

茫然《ぼうぜん》とする月愛に、俺はおずおずと尋ねる。

月愛は引きつった笑みを浮かべた。

「さあ……。でも、昼もあれ何本も飲んでたから、お酒は強いんだと思うけど……」

「そ、そうか……」

実家にいた頃は未成年だったはずだから、月愛もあまり姉の酒量を知らないのかもしれない。

「……ねぇ、リュート」

お姉さんが寝たのを見計らって、歯磨きを終えた月愛が口を開いた。

「さっきまで一人で心細かったから……来てくれて、ほんと助かった……ありがと」

バスルームとキッチンの間に立っていた俺に向かって、目の前に立った月愛が微笑《ほほえ》みかける。

「……月愛一人で、大変だったね」

「うん……でも、大事なおねーちゃんだから」

微笑んで言う月愛を見ながら、俺は、前に月愛とショッピングモールで双子の世話をしたときのことを思い出していた。

──あたしにとって、おねーちゃんは半分お母さんだったんだ。やっぱ双子って、一人ずつ生まれる兄弟より同時に手がかかるし。おかーさんの手が回らないところをカバーしてくれたおねーちゃんには、今でも……すごく感謝してる。

そんなふうに思っている、大切なお姉さんだもんな……と考えていると、月愛がふと俺を見た。

「あたし、リュートに『チーちゃん』の話したっけ？」

「ああ……猫のぬいぐるみだよね？」

その名前を聞いて、月愛が小さい頃から可愛《かわい》がっているぬいぐるみのことだなと思い当たった。話を聞いたのも見たのも高校時代のことなので、月愛から聞いたのか、黒瀬《くろせ》さんから聞いたのか……それすらあやふやだけど。

「そう。小さい頃に海愛が伯母さんに買ってもらったんだけど、あんまり可愛がってないからあたしがもらって、しばらくしたら海愛が『返して』って言ってきて、あたしが『イヤだ』って言って、喧嘩《けんか》になった子」

「うん」

そういえば、そんな話だった。

「……あたしね、実は、そのとき海愛に返すつもりだったんだ、チーちゃん」

ふと、月愛がそんなことを言い出した。

「もともと海愛が買ってもらったものだし、しょうがないのかなって……。でも、あたしがリボン巻いたり、お洋服着せてあげたりして可愛がってた子だから、愛着湧いてて……本当はイヤだって、一人で泣いてたの。そしたら、それを見たおねーちゃんが『イヤならイヤって言っていいのよ』って」

当時のことを思い出しているのか、月愛はなつかしげに目を細める。

「それであたし、海愛に言えたの。『イヤだ』って」

そう言って、月愛は少し微笑む。

「おねーちゃん、海愛のことも説得してくれたんだ。『本当はその子が欲しいわけじゃないんでしょ。月愛が可愛がってるから欲しくなったんでしょ』って。……それであたしたち、仲直りできたの」

そうだったのか。

小さい頃の月愛《るな》と黒瀬さんにとって、お姉さんの存在がいかに大きかったか、少し想像することができた気がした。

「あたしはおねーちゃんから、大事なことを教わった。『自分の気持ちを相手に言うことの大切さ』を。それは、一時は相手を傷つけるかもしれないけど、言えなかったら、自分がずっと傷つくんだって」

月愛の言葉に、俺は考え込んでしまう。

そうか……。しかし、自分が我慢すれば丸く収まるなら、言わないという選択肢もあるのではないだろうか？

「でも、そんなおねーちゃんのさびしさは、あたしたちじゃどうにもできなかった。……ずっと無理してたんだと思う。小学生の頃からあたしたちの世話をしてくれてたことも……。おとーさんとおかーさんの離婚も、あたしたちと違って、物分かりよく受け入れなきゃいけない立場だったし」

そう言って、月愛は落ち込んだように俯《うつむ》く。

「おねーちゃんが高校卒業と同時に白河《しらかわ》家を出て行って、あたしたちはそのことを知ったんだ」

じっと耳を傾ける俺に、月愛は話し続ける。

「あたしは、最初……おねーちゃんは『子どもになれる場所』を見つけたんだと思った。白河家にいても、おねーちゃんは、おかーさんの代わりをやるしかなかったから。……でも、彼氏に対しても、おねーちゃんはやっぱり、母親役をやってたんだって……あとで知るんだけど」

「そっか……」

ようやく相槌《あいづち》を打った俺に、月愛は打って変わって笑顔を向ける。

「海愛と、よく話すんだ。『これからは、あたしたちがおねーちゃんを甘やかしてあげようね』って。だから、これくらい、なんともないんだよ」

「月愛……」

先ほど、ベッドで慈愛に満ちた表情で姉に添い寝していた月愛を思い出した。

月愛の献身に、そんな理由があったなんて。

小さい頃、自分たちの世話や、両親の離婚で、無理矢理大人にしてしまった姉への感謝と労《いたわ》り、慈《いつく》しみ……そんな気持ちが込められていたのだろう。

月愛のお姉さんへの想《おも》いについて聞いた俺は、改めて彼女への尊敬と愛おしさを感じた。

「……偉いよ、月愛は。俺にできることがあったら、なんでも言って」

それを聞いて、月愛は少し困ったように笑う。

「……ほんと？」

「うん」

「……あたし、リュートが来てくれただけで感謝してるし、今夜一緒にいてくれるだけで心強いし……。だから、これ以上頼み事するのは申し訳ないと思って……だけど、リュートがそう言ってくれるなら……一つお願いしてもいい？」

「うん？」

なんだろう、と思っていると、月愛は申し訳なさそうな顔で口を開く。

「リュート、明日予定ある？」

「いや、特にはないよ」

「……あたし、明日は朝から一日仕事なの。夕方には海愛が来れる予定なんだけど、それまで……おねーちゃんのこと見ててくれないかな？」

「えっ⁉　俺だけで……⁉」

驚いて訊《き》き返すと、月愛はさらに恐縮顔になる。

「無理ならいいんだけど……まだあんな感じだから……もしものことがあったらって思うと、心配で」

確かに、ベランダから飛び降りかけたとかいう話は深刻だ。ここは三階だから怪我《けが》で済む可能性もあるけど、心配ではある。

月愛は専門学校に通いながら、夕方や土日を中心にアパレルの仕事を入れている。一人で、というのは気まずいし不安だけど、俺がここにいることで、月愛が仕事に集中できるなら、と思った。

「わかった。いいよ」

「ありがとう……。せっかくの日曜なのに、ごめんね」

月愛はすまなそうに眉根を寄せる。

「いいよ。俺が『なんでも言って』って言ったんだし」

「ありがと……」

「じゃあ、こんな時間だし、もう寝ようか？」

テレビ台に置いてあったアナログ時計はもうすぐ〇時を示そうとしていた。

一日中姉の嘆きに付き合って気が抜けず、明日も朝から立ち仕事の月愛の体調を気遣って言った俺に、月愛は「そうだね」と応じた。

俺と月愛は、お姉さんのベッドの下にタオルケットを敷いて、並んで横になった。広くない部屋なので、テーブルをどかしているが、俺のすぐ横はもうテレビ台だ。

掛《か》け布団《ぶとん》の代わりに、一つの毛布を横にして二人で被《かぶ》った。

月愛がリモコンで消灯する。

……なんか変な感じだ。

お姉さんがいるから二人きりではないけど、お姉さんは寝てるし、だからといって、変なことはできないし。

目を瞑《つぶ》ったはいいものの、そんなことを考えて、そわそわしていたとき。

「……手、繋《つな》いでいい？」

隣から月愛の声が聞こえて、俺は目を開けた。

月愛は顔をこちらに向けて、俺を見ていた。

「……うん」

手を伸ばすと、月愛の手がするりと絡《から》みついてくる。

もう何度繋いだかわからない手。

この奥にある彼女のぬくもりにたどり着きたい衝動に、俺はもうどれほど耐えてきたのだろう。

そう考えて、江ノ島の旅館での一夜のことを思い出した。

「……ねぇ、江ノ島の旅館、思い出さない？」

月愛に言われて、ハッとする。

「……俺も今、考えてた」

そんな俺に微笑みかけて、月愛はそっと口を開いた。

「リュート。沖縄でのこと……ごめんね」

「えっ？」

「アカリの妊娠がすごくショックで……いろいろ考えちゃって、あのときはなんか、それどころじゃない気持ちになっちゃったけど」

月愛は天井の方へ顔を向けて、ゆっくり言葉を紡《つむ》ぐ。

「リュートは男の子だし、やっぱり、エッチなことしたかったんじゃないかな……って、帰ってから思って」

「……まあ、それはもう……いいよ。月愛の気持ちが一番大事だと思うし」

お姉さんが起きて聞かれたら恥ずかしいので、手短に話を終わらせたくて言った。

そんな俺に顔を向けて、月愛は眉を下げる。

「もう。……リュートって、優しすぎる。今日だって……まさか来てくれるなんて思わなかった」

そして、少し考えた表情になって口を開いた。

「あたしはね、リュート？」

「ん？」

「あたしの気持ちと同じくらい……リュートには、リュート自身の気持ちも大事にしてほしいって思ってる」

その暗がりの中でも真摯な表情に、ふと胸を打たれる。

「ほんとだよ？　あたし、ほんとにリュートのこと……愛してるから」

恥ずかしそうに微笑《ほほえ》んで囁《ささや》かれた言葉に、ときめきで胸を締めつけられる。

「うん……ありがとう」

繋いだ手があたたかい。

でも、この手が大事だから、俺は君に本心をぶつけられないでいる。

ぶつけることができたとしても、こんな……他の人に聞かれるかもしれない場所ではないと思っている。

それで少し苦しくなってしまったとしても、それが俺が選んだ最善なんだと思った。

◇

「じゃあね、おねーちゃん。あたし、仕事行ってくるから。リュートにいてもらうから、困らせたりしないでね？　夕方には海愛が来るから」

「んー……」

朝が来て、月愛が出勤する時間になっても、お姉さんは布団《ふとん》をかぶったきり、ベッドから起き上がらなかった。

支度を済ませた月愛は、姉に声をかけたあと、俺に「じゃあ行ってくるね」と告げて玄関に向かう。

俺も、見送りに玄関へ行く。

月愛は、こちらに後ろ姿を見せ、片足ずつ踵《かかと》を上げて器用にバランスを取りながら、ハイヒールを履いていた。

その向こうには、取手にビニール傘が引っ掛けられ、女物の靴が所狭しと並んだ生活感のありすぎる玄関が見える。それがなんだか月愛との将来の日常を連想させて、やたらとドキドキした。

「じゃあ、行ってくるね」

「行ってらっしゃい」

そう言い合って、何か恥ずかしくなった。同じタイミングで、月愛も恥ずかしそうに微笑む。

「……なんか、同棲《どうせい》してるみたいだね」

「……だね」

照れくさすぎて、月愛から視線を外して笑った。

だから、「んー!」という月愛《るな》の声で彼女を見て、心臓が止まるほどドキッとした。

「……!」

月愛は目を閉じて、俺にまっすぐ顔を向けていた。

その唇が、軽く丸められて、こちらへ突き出されている。

こ、これは……まさか……!

い、行ってらっしゃいの……チュー⁉

思わず後ろを振り返ると、相変わらずお姉さんは頭から布団をかぶってベッドと一体化していた。

それならば……と、俺は月愛に顔を近づける。

月愛のお姉さんとはいえ他人の家で、彼女に行ってらっしゃいのキス……というスリリングさと背徳感にドキドキしながら、そっと唇に触れた。

その瞬間、月愛がついばむように唇を窄《すぼ》め、接した場所からチュッと音がした。

「……！」

また後ろを振り返ってしまった。お姉さんの様子に変化はなく、ほっとした。

「……ふふ」

目が合った月愛が、恥ずかしそうに微笑んだ。

「行ってきます♡」

甘く囁いて、月愛は扉を開けた。月愛の甘い残り香が、俺の鼻腔《びこう》を翻弄するようにくすぐる。

「行ってらっしゃい……」

「じゃーね、リュート！」

ひらひらと手を振る月愛の笑顔が、長方形に、さらに細長く、どんどん切り取られて。

ガチャンと遮断される。

そのあとも、俺はしばらく金属の扉を見つめてにやけていた。

唇に残る、彼女の体温の余韻に浸りながら。

◇

お姉さんは、それから数時間、ベッドで死んだように眠っていた。

月愛のお姉さんとはいえ、妙齢の女性が傍《そば》で眠っているという状況にソワソワして、俺はなるべくベッドが視界に入らないで済む位置に座って、スマホで漫画を読んでいた。

「……うーん……」

うめき声のような気だるい声がして、俺はベッドを見た。

布団から片手が出ていて、何かを求めるかのように動いている。

「……ず……」

「えっ？」

「みず……」

ああ、水か。

「……はい、どうぞ」

テーブルに、昨日買ったミネラルウォーターのペットボトルが立っていたので、それを取ってベッドから伸びた手に渡そうとした。

そのときだった。

「……ライくん⁉」

お姉さんの手は、ペットボトルではなく俺の手を摑《つか》んだ。

「ライくうぅうん！」

突如、バサッと布団を撥《は》ね上げ、お姉さんがベッドから起き上がった。

「ライくん、なんで急に出てったの⁉　寂しかったんだからぁああ！」

驚いて尻餅をつく俺に飛びかかるように抱きついて、お姉さんは俺の胸に顔を埋《うず》めてスリスリする。

「もう絶対、絶対、出てったりしないでよぉぉおお！」

「いえっ、あのっ、お姉さん⁉　俺、『ライくん』じゃないです！」

鳩尾《みぞおち》のあたりに押しつけられるむにゅむにゅした感触にうろたえながら言うと、お姉さんの動きがピタッと止まった。

「……え？」

腕の力が緩んで、お姉さんが顔を上げて俺を見上げる。

「龍斗《りゅうと》です……月愛の彼氏の……」

至近距離で気まずい笑みを浮かべる俺を、お姉さんがまじまじ見つめる。

この角度で見ると、より一層月愛に似てるな、と思った。

「ああ……あはは。ごめん。そうだよね」

お姉さんも気がついて、ばつが悪そうな顔で、寂しげに笑った。

「……男の人の声で、ライくんが帰ってきたのかと思っちゃった」

むちむちの両腕とむにゅむにゅの感触が離れて、ようやく人心地つく。

出るべきところ以外は華奢《きゃしゃ》な、モデル体型の月愛と違って、お姉さんは全体的に肉感的な身体《からだ》つきをしている。こんな魅力的で献身的な彼女を見捨てて出ていける彼氏っていうのは、一体どんなやつなんだろうと、純粋に疑問に思った。

「……お水、ありがと」

俺が床に放り出していたペットボトルを拾って、お姉さんは口をつける。まだ気まずい空気が漂っているので、まずは一口くらいかと思ったら、一気に三分の二くらい行ったので、なんだか面白い人だなと思った。

「……彼氏さん、どこで出会ったんですか？」

話題がないと気まずいので尋ねると、お姉さんは寂しげな表情のまま笑みを浮かべた。

「うちの店のお客さんだったの。初めは指名なしの来店で、たまたまあたしの担当になって。それから指名で来てくれるようになって」

無職なのに美容室に行くのか……と千円カット常連の俺が思っていると、お姉さんはそれを察したかのように、続けて口を開く。

「路上ミュージシャンやってるから、身だしなみはいつも整えておきたいって言ってて。

『夕飯は毎日もやしですけど』って笑うから、あたしなんだかキュンとしちゃって……そのとき前の彼氏と別れたところだったし、思わず『うち来る?』って言っちゃって」

「…………」

そんな野良猫《のらねこ》を拾うみたいな感じで、彼氏を作ってもいいのだろうか。

それで転がり込む男も男だと思うけど、こんな巨乳美女に言われたなら、気持ちはわからなくもない。

「……あたし、いつも捨てられるの」

ふと、お姉さんが独り言のように言った。伏目がちな瞳は、涙の先ぶれで揺れている。

「彼氏がダメな人だっていい、なにもできなくても、その分あたしが全部やってあげるから……そう思って付き合ってて。傍にいてくれることしか望んでないのに……。その望みすら、もう叶《かな》えたくないって思うほど、あたしのことイヤになっちゃうのかな?」

「…………」

俺は何も言えずに、静かに目をうるませるお姉さんを見守っていた。

「……寂しい人間なんだよね、あたし。家族みたいに傍にいてくれる人を、いつも探してる」

「…………」

白河《しらかわ》家の家庭環境に思いを馳《は》せ、ますます何も言うことができない俺に視線を向けて、お姉さんはふと微笑んだ。

「……月愛も、そういう恋愛をしてるのかなって思ってたけど、あの子は変わったみたいだね。……リュートくんのおかげだね」

「いえ、俺は何も……」

恥ずかしくなって、顔を伏せた。

「月愛……月愛さんが、素敵な女性だからです。俺なんかには、もったいないほど……」

「そうかな?」

顔を上げると、お姉さんはちょっと苦笑のような表情で笑っていた。

「リュートくん、法応大生なんでしょ?　こっちこそ、うちの月愛でいいのかなって思うよ」

「……俺は、月愛さんがいいです。月愛さんじゃなきゃ……イヤです」

そんな俺を、お姉さんはほほえましそうに目を細めて見つめる。

「いいなぁ、月愛は……」

その顔に寂しげな色が加わって、お姉さんはそっと俯《うつむ》いた。

「あたしも、ライくんじゃなきゃイヤだって思ってた。……今だって、そう思ってる」

そう言って、自嘲めいた微笑を浮かべる。

「でも、ライくんは、そんなあたしがイヤになったんだよね……」

「…………」

お姉さんと彼氏に関しては、俺みたいな経験不足の若造には何も言えることがなくて、ただただ困ってしまう。

そんな俺の困惑が伝わったのか、お姉さんはふと顔を上げて、取り繕うように微笑《ほほえ》みかけてきた。

「リュートくん。月愛をよろしくね。月愛もきっと、リュートくんじゃなきゃいけないんだと思う」

不意を衝《つ》かれて、思わず頷《うなず》くくらいしかリアクションできない。

そんな俺に、お姉さんは親愛の情がこもったまなざしを向ける。

「あたしたち家族が与えきれなかった分の幸せを、あの子に感じさせてあげてほしい」

「……はい。頑張ります」

真摯な気持ちになって深く頷いた俺を見て、お姉さんはおかしそうに笑った。

「そんなに頑張らなくてもいいんだよ」

「え？」

「頑張りすぎたら、あたしみたいになっちゃうから」

「………」

再び言葉を失う俺から視線を外して、お姉さんは静かに言った。

「幸せって、どっちかが頑張って作るものじゃなくて……二人が歩み寄ることで生まれるものだと思うから」

壁の向こうから、バタンとドアが閉まる音がした。お隣さんの生活音が聞こえるくらいの静寂の中で、俺はしばらくお姉さんの言葉を、胸の中で反芻《はんすう》していた。

◇

夕刻、玄関のドアがいきなり開いて、黒瀬《くろせ》さんが入ってきた。そういえば、月愛《るな》が出勤してから鍵を閉めていなかったと思い出した。

「あ、ほんとに加島《かしま》くんがいる」

目が合った俺を見て、黒瀬さんは少し驚いたように目を大きく開けた。ややあって、その口元が綻ぶ。

「……なんか変な感じね。こんなところで会うなんて」

「そ、そうだね」

もう黒瀬さんと親族になったみたいな、気まずさとか気恥ずかしさとか、よくわからない感情で、俺はへどもどした。

「……お姉さん、一時間くらい前に、ストロング系チューハイを二本飲み干して、寝てしまいました」

初めは穏やかに話していたお姉さんだったが、急に発作のように「ライくーん！」と号泣し出してから手がつけられなくなって、泣きながら酒を呷《あお》ってベッドに倒れ、見る間に泥酔《でいすい》してしまった。俺には、なす術《すべ》もなかった。

「そう……」

黒瀬さんは、仕方なさそうに眉を下げて、ベッドにいる姉の方を見る。

「……まったく、お姉ちゃんってば」

とはいえ、その顔つきには愛が溢《あふ》れている気がする。

――海愛《まりあ》と、よく話すんだ。『これからは、あたしたちがおねーちゃんを甘やかしてあげようね』って。

月愛が言っていたことを思い出した。身内のことに関してはちょっとクールに振る舞いたがる黒瀬さんも、きっと月愛と同じ気持ちなのだろうなと思った。

「加島くんには、ほんとに迷惑かけてごめんね。遠いし、気をつけて帰って」

「うん、ありがとう」

「……あ、そうだわ」

俺が帰り支度をして玄関に向かうと、黒瀬さんが呼び止めるように声をかけてきた。

「それで、食事会は？」

「ああ！　久慈林《くじばやし》くんに言ったら、『いつでもいいよ』って。なんか喜んでくれてるみたい」

「ふーん、そう。じゃあ、お互い気が変わらないうちにやりましょ。わたしもいつでもいいから。直近は、この件……お姉ちゃんのことで、忙しいかもしれないけど」

「わかった」

「また、ＬＩＮＥか編集部で」

「うん」

軽く手を振り合って、俺はお姉さんの家を出た。

十七時前の九月の空はまだ明るかったけれども、街には夕方の気配が漂っていた。俺の日曜日が終わった。

他人と一緒に過ごすにしては閉塞感のある室内で、半日以上一歩も外に出ず過ごしていたのだなと思うと、なんだか不思議な感じがした。

なんとなくの記憶と、人の流れを頼りに、駅までの道を歩きながら、俺が思い出していたのは素面《しらふ》のときのお姉さんの言葉だった。

──幸せって、どっちかが頑張って作るものじゃなくて……二人が歩み寄ることで生まれるものだと思うから。

そういう意味でも、俺と月愛は幸せだ。

幸せ……だよな？

ただ一点、俺の心に引っかかりを残していることがあるとすれば……それは、一向に訪れる気配のない初体験のことくらいだ。

でも、ただその一点だけで「問題がある」と断じてしまうのは、なんだか身体目当てで付き合ってるみたいで……と考えて、もう一人の自分が「いや！」と強く物申す。

身体目当てなわけない。付き合い出してからもう四年以上も、俺はじっとそのときを待ってきた。神様だって、俺の額に「身体目当てではない男」という判を押してくれることだろう。なんだその判。

事実、イッチーと谷北さんなんて、付き合い出してから半年くらいで行くところまで行き着いている。年頃のカップルなんてそんなもんだよな？　まあ妊娠までするかは別として……。

――あたしたちって……ここまで来ちゃったら、もしかして……先に結婚するってのもアリなのかな？

月愛はああ言ったけど。

結婚だって？　とんでもない！

結婚がイヤなんじゃない。ただ、結婚まで待ってられないんだ。

待ちたくない、これ以上。だって、俺はもう充分待ったじゃないか。

これが俺の、偽らざる本心だ。

でも、あのとき、なぜそれがすぐに言えなかったのだろう。

遠慮しているのか？　四年以上付き合った彼女に？

いや、違う。これは遠慮じゃない。だって、言ったらきっと、月愛は俺の意思を尊重してくれただろうって、頭ではわかっているから。

言えなかった一因は、やはり……俺の男としての自信のなさのせいだ。

なんでだろう？

月愛の方が圧倒的に異性経験が多いという事実はあるにしろ、それだけではない気がする。

さっきお姉さんが言ってくれたように、自分で言うのもなんだけど、学歴では月愛を上回っているし、将来的な収入だって、平均以上は期待していい立場だと思う。

でも、俺の身分は所詮学生で、まだ何も手にしていない。

一方の月愛は、一度正社員として働いて、仕事ぶりを評価された身で。ちゃんと自分の足で立っている大人だ。

そして今、自分の「本当にやりたい仕事」を見つけて、その夢の実現に向かって努力している。

俺はといえば、就活が刻一刻と迫る中、自分がどんな職種に就きたいのかすらわかってない。何も見つけられていない。

いつまで経《た》っても、いつでも月愛が、俺の一歩先を歩いている。

経験済みな君と、経験ゼロな俺が、お付き合いをした日から。

俺の月愛に対するコンプレックスは、今でも形を変えてずっと、連綿と続いている。

今のままでは、俺は自分のありのままの気持ちを彼女に伝えられない。

早く確かなものを摑《つか》みたい。

自分の中にまだ眠っている、可能性の片鱗《へんりん》でもいいから摑まえたい。

それができなければ、俺はいつまで経っても、主人からの餌を期待する犬のように、月愛の顔色を窺《うかが》い続けるだけの彼氏になってしまう。

それはいやだ、と強く思った。

早く、早く見つけなければ。

焦燥感に衝き動かされながら、俺は駅へ続く道を歩く。辺りの生活道路から、大通りに向かって、人が寄り集まっていく。

人々の足取りが、なんだかみんな何かに焦《あせ》っている同志のようで、見知らぬ他人をこれほど心強く感じた日はなかった。

第二・五章　ルナとニコルの長電話

「ニコルー、お疲れ！」

「ルナもー！　学校はどぉ？」

「毎日めっちゃ勉強してる！　生まれて初めてだよー！　こんなに勉強するの！」

「マジか、すげー！」

「ニコルも、ネイルの学校では勉強したでしょ？」

「んーまぁ、あたしはもともと好きなことで、知ってたことも多かったし、座学もそんなに苦じゃなかったかな」

「あたしも、めっちゃ勉強はしてるけど、苦じゃないの！　そのことにビックリ」

「ビックリっていえば、アカリの妊娠ヤバくね？　マジビビったんだけど」

「ね……。小中学校の同級生とかでは、もう結婚してママになってる人もいるけど、そういうんじゃないもんね……ショックだった」

「アカリ、あたしに『ルナちなら経験豊富だから、なんかアドバイスしてもらえるかなと思って真っ先に電話した』って言ってたけど、ムリでしょ！　もう妊娠しちゃってるのに、なんのアドバイスよ」

「アカリも混乱してたんだよね。あたしも混乱したもん」

「あーね。彼氏いたら他人事《ひとごと》じゃないよね」

「アカリの話聞いて……そうだよね、避妊しても失敗する確率はゼロじゃないよねって思って……リュートとの関係も早まらない方がいいのかなって思って、リュートにそれ言っちゃった」

「そんなこと言い出したら、事故に遭う確率あるから車乗らない、飛行機も乗らないってことにならね？　どーせアカリたちのことだから、欲に任せてテキトーな避妊してたんだろうし。ちゃんと適切にしてれば、失敗なんてそーそーしないでしょ」

「そう、そうなの。あとから考えたら、ほんとにその通りなんだけど」

「けど旅行中、盛り下がっちゃったんだ？」

「うん……。海愛に話したら『そういうの杞憂《きゆう》って言うのよ』って呆《あき》れられた……」

「それな、マジで。インスタで読んだよ、『人の不安の九割は現実にならない』って」

「……リュートに、悪いことしちゃったかな」

「ん？」

「ただでさえ、ガッカリしてたと思うのね。あたしがいきなり生理になっちゃって。あたしも残念だったし……だから、リュートに口でしてあげようかって話になって、そこにアカリから電話来ちゃったから……」

「うわ、タイミング最悪じゃん！　アカリっぽいわー」

「それで、そんな感じじゃなくなっちゃって、次の日も」

「うわー、かわいそ。めっちゃ悶々《もんもん》としたんじゃね？」

「……そうかな？」

「そーでしょー。男だもん」

「でも、それってわからないじゃん。言ってくれなかったら。あたしは女だから、そこまでの欲はないし」

「言ったら、ルナはそういう気分じゃなくても、ムリしてしてくれるだろうって思ったんじゃないの？　最初の頃みたいに」

「でも、うちらってもう、そういう段階の付き合いじゃないじゃん？　結婚して夫婦になっても、リュートは一生、自分の気持ちを言わずに、ガマンしてあたしに付き合ってくれるの？　それってていい関係だと思う？」

「うーん……」

「あたしは、リュートに、もっとわがまま言ってほしいんだと思う。リュートは優しいから、いつも自分の気持ちより、あたしがどうしたいかを考えてくれてる気がして……」

「まー、昔の彼氏たちとは正反対よね、ほんと」

「昔すぎて、リュート以外に付き合った人のことなんて、もーほぼ覚えてないよ」

「あはは、マジで！　女は上書きだからなー！」

「ずーずーしいかもしれないけど……あたしにとって、リュートはもう、『最初で最後の恋人』って気持ちなんだ」

「こんなに長く続いたら、そうだよね」

「だから、リュートがあたしの気持ちを大切にしてくれるみたいに、あたしもリュートの気持ちを大切にしたい。だから、ちゃんと言ってほしいのに」

「……男って、なんであんなに自分の気持ち言わないんだろーね？」

「関家《せきや》さんも、仁志名《にしな》くんも、そう？」

「うん……そーね。蓮《れん》とはずっと友達だったから、何考えてるかは大体わかるんだけど、まぁ言わないよね。あたしに対する不満とかになると、特に」

「だからあたし、いつも訊《き》くの。『あたしはこう思うけど、リュートはどう思う？』って。なのに『そうだね』しか返ってこなくて……。ほんとにそうなのかな？　って疑問になっちゃう」

「圧かけてると思われてんじゃね？」

「そんなことしないよぉ！　あたしは、ほんとにリュートの気持ちが知りたいから言ってるの！」

「あはは」

「……この前も、おねーちゃんちで訊いたんだけど、結局聞けなかったな……リュートのほんとの気持ち」

「そっか……」

「あたしは、リュートにわがまま言ってほしい！　あたしが『しない方がいいかな？』って迷ってても、ゴーインに抱きしめて『やだ、月愛としたい！』って言ってほしいの！」

「あはは、ドラマの見過ぎー」

「だって、実際にするかどうかは、二人で話し合って決められることでしょ？　リュート自身の気持ちを言うことが、あたしの気持ちを尊重してないことにはならなくない？」

「まぁ、そーね。やっぱ最初の力関係じゃん？」

「それって、あたしが尻に敷いてるってこと⁉」

「じゃなくて、ルナが学校で一軍女子でさ、あっちは地味だったから、引け目があるんじやね？」

「なにそれ!?　カンケーなくない？　しかもとっくに卒業してるし」

「そーなんだけど」

「あたしたちはリュートと、お互いの気持ちを言い合った上で、二人でどうするか話し合って、いろんなことを一緒に決めて生きていきたい」

「……なるほど」

「そう、あたしは『一緒に決めたい』んだよ。あたしが『〇〇したい！』『したくない！』って言って、リュートがそれをリョーショーする関係じゃなくて」

「……それができたら理想だなって、あたしも思うよ」

「でしょ？」

「でも、難しいよ。人って傷つきたくないし、相手のことも傷つけたくないって思ってるから」

「……どゆこと？」

「少なくとも、あたしは蓮をコントロールしてる。あたしが蓮に対して、まだ恋人として親密になる気持ちになれないから、蓮に対して、普段から無意識に『そーゆー雰囲気にすんなよ』って圧をかけてる」

「……仁志名くんに、正直に話せないの？　『今はまだそういう気持ちになれない』って」

「言えないね。だって、それって蓮を傷つけることになるじゃん。本音を言うって、そういうことだよ」

「……だけど……」

「ルナは、相手とお互い本音を言い合っても傷つかないって……多少食い違うことがあったとしても、それを乗り越えていける信頼関係があるって思うから、本音を言い合いたいって思うんでしょ？」

「……そーだね。言われてみたら」

「それが、あたしは羨ましいよ。あたしと蓮は、今本音を言い合ったら、きっと終わっちゃう関係だから」

そうして電話が終わってから、月愛はしばらくぼんやりして。

台の上のアクセサリーケースを開け、ムーンストーンの指輪とピアスに触れて、そっとため息をついた。

第二章

童貞のまま、大学三年生の夏が終わった。こんな事態、夏休みが始まった頃には予想もしていなかった。

心の整理はまだ全然ついてないけど、それでも日々は過ぎていく。

大学が始まって間もないタイミングで、久慈林《くじばやし》くんと黒瀬《くろせ》さん、俺と月愛の四人での食事会が行われることになった。

九月の終わりの、日曜日の夜二十時のことだった。

何しろ働きながら学生をして、育児も手伝っている月愛が多忙を極めており、彼女の都合がいいときに三人の予定を合わせるのに手こずって、少し時間が空いてしまった。

会食の場所は、池袋の東口にあるお店になった。黒瀬さんがネットで予約してくれたらしい。

一人で直接お店に行くのはいやだと久慈林くんに言われて、俺たちは駅構内の地下にあるいけふくろうの前で待ち合わせした。

五分前にいけふくろうに着いたら、すでに月愛と黒瀬さんがいた。

「あ、リュート！　ちょっと早いけど上がっていいよって店長が言ってくれて、早めに終わったのー！」

「そうなんだ、お疲れさま」

久慈林くんはまだかな……とスマホを確認しようとしたとき、背後から気配を感じた。

振り向くと、久慈林くんが真後ろにぴったりと、俺の影のようになって立っていた。

「うおお、びっくりした」

「あ、もしかして、『拙者』の人⁉」

月愛が気づいて、俺に訊く。

「『小生』ね」

お決まりの訂正をして、俺は久慈林くんを紹介した。

「大学の友達の、久慈林くん」

「リュートから聞いてます！　リュートの彼女の月愛です、よろしくねー！」

「黒瀬さんは、会うの二度目だよね。同じ国文学専攻だから、今日もよろしくね」

「こちらこそ、よろしく」

月愛と黒瀬さんに微笑《ほほえ》みかけられて、久慈林くんはというと。

「…………」

一言も口を利かずに、伏目がちに会釈《えしゃく》してみせただけだった。

「…………」

一抹の不安を感じつつ、俺たちは駅を出て店に向かうため、歩き出した。

店の場所は黒瀬さんが把握しているので、月愛と黒瀬さんが話しながら前を歩き出した。

「最近、白河《しらかわ》家の双子ちゃんたちは大人しくなってきたの？」

「そーだね、前に比べたら。もう赤ちゃんじゃないから、意味わからず泣いてる時間がなくなっただけでホッとするよ」

「今ってもう……二歳三ヶ月？　早いわね、ほんと」

「ねー。あとで考えたら、今もまだ大変な時期だったなって思うんだろうけど、二ヶ月前より一ヶ月前の方が、一ヶ月前より今の方が、少しは楽になってきたって、振り返るたびに思うもん」

「そういうものなんだ」

「わかんないよね、うちら、下の子だったから。おねーちゃんに言ったら『そーよぉ！』って言われた。『でも、そのあとに魔のイヤイヤ期が来るのよ！』って脅された」

「……わたし、そんなまともな話、全然できなかったわ……。酔っ払って、ひたすら愚痴聞かされて……」

「ああ……まあ波があったよね。おねーちゃん、大人になってからは特に海愛《まりあ》に甘えがちだしなぁ……でも、よかったよ。社会復帰できて」

お姉さんは、あれから一週間ほどで、欠勤していた仕事にも行き始め、もう衝動的に何をするかわからないような、呑《の》んだくれ生活は送っていないらしい。本当によかった。

「ほんとそうね。お母さんと月愛《るな》とわたしとタエ伯母さんで、二十四時間見守りローテーション組むの、一週間だけでも大変だったもの」

「マジで！　リュートの力まで借りたし。ほんとありがとね」

「助かったわ」

そこで二人がこちらを振り返って、俺はあのときを思い出しながら苦笑いする。

「いや、お役に立てたならよかったよ……」

ほとんどの時間、本当にただ見守っていただけだが、そのことで安心していただけたというなら、俺のあの謎の一日にも意味があったというものだ。

俺たちがそんな話をしているとき、久慈林くんがどうしているかというと。

俺ら三人から少し離れた後ろを、一人で俯《うつむ》きがちに歩いていた。夕飯時の駅前の歩道なので、間に何組か別のグループが入ってしまい、完全に赤の他人のようだ。

「……く、久慈林くん！」

月愛たちから離れて彼の隣に並び、俺は話しかける。

「なんでそんな離れてるの？」

「……女子《おなご》同士のお喋《しゃべ》りは不得手ゆえ」

「それでも、なんとなく近くにいてよ。変じゃん」

「変と申すなら、小生のような童貞妖怪が、煌《きら》びやかな女子たちと群れて歩いている方が、市井《しせい》の人々の目には奇異に映ろう」

「童貞とか童貞じゃないとか、他の人にはわからないから！」

「貴君には見えぬのか？　小生には見える」

「そんな変なスカウター外しな！」

なんてことを言っているうちに、会食の場の店に到着した。

駅近ビルの六階にある、和風っぽい雰囲気の居酒屋だった。雪洞《ぼんぼり》のような優しい色合いの灯《あか》りで照らされた店内には、壁の両側にかまくらのような白いドーム状の個室の座席が並んでいる。

俺たちが案内されたのは、そのかまくら席の一つだった。

「わー素敵！　海愛って、こういう店よく知ってるよね」

月愛が個室内を見渡して目を輝かせる。ドアはなくていつでも店内が見えるので、正確には半個室という形態なのだけれども、三方を囲まれたテーブル席というだけで、充分周囲から隔絶されたお忍びの雰囲気がある。

「インスタでオシャレなレストラン見るの好きなの。ブクマしてるお店いっぱいあるわ」

喋りながら、月愛と黒瀬さんは隣り合って座り、俺と久慈林くんはその向かいに座った。男女数人で食事に行くと、いつもこのお見合い風の席次になってしまうのは、奥ゆかしい日本人のサガなのだろうか。

「カンパーイ！」

飲み物が届くと、月愛が明るく音頭《おんど》を取って、会食がスタートした。

「わー、これ美味《おい》しー！」

「ほんとね」

黒瀬さんとお通しの胡麻《ごま》豆腐ではしゃいでいた月愛が、久慈林くんの方を見た。

「海愛と久慈林くんって、大学は違うけど、同じ勉強してるんだってー？」

「ああ、うん、国文学だね」

久慈林くんは無言なので、代わりに俺が答えた。

「久慈林くんは、森鴎外《もりおうがい》の研究で、大学院まで行こうとしてるんだ」

「へぇ～すごい！　モリオーガイ……なんか聞いたことある！　でも誰!?」

「明治の文豪だよ。高校のとき、教科書に載ってた『舞姫』の作者」

「そんなのあったっけ？　ん～高校の授業の記憶、卒業のときに消しちゃったからなぁ」

月愛の様子に苦笑いして、俺は黒瀬さんにも話を振る。

「黒瀬さんは？　確か、近代文学のゼミだったよね？　卒論は何を書くの？」

「わたしは、夏目漱石《なつめそうせき》」

「あっ、それは知ってる！　なんか猫の話書いてなかった？　猫好きの人に悪い人はいないから、作者もいい人なんだろーなって思ったから……あれ、違った？」

月愛が無邪気に言って、俺と黒瀬さんが笑う。

「確かに『吾輩《わがはい》は猫である』を書いてるね」

「猫っていえば、月愛、そこのナンジャタウンの猫カフェみたいな施設知ってる？」

「えー知らない！　行ってみたーい！」

「今日はもう終わっちゃってると思うけど、また今度池袋来たとき行ってみない？」

「行く行くー！　海愛、物知りー！」

「高校の頃、朱璃《あかり》ちゃんと時々ナンジャ行ってたんだ。推しがコラボしてるとかで」

「あー！　そうなんだ！」

「月愛が猫好きだから、教えてあげようと思って、ずっと忘れてた」

「ありがとー！　あ、猫っていえば、沖縄にもすっごい可愛《かわい》い猫いたのー！　ウミカジテラスってところでー……」

月愛は自身のスマホを開いて、写真を黒瀬さんに見せ始めた。仲良し姉妹だから、一緒にいると話題が尽きないのだろう。俺は二人が気まずかった時期を知っているし、つい微笑ましく見守ってしまうのだが。

隣の久慈林くんを見ると、黙々と食事をしていた。飲んでいるのは烏龍茶《ウーロンちゃ》なので、酔いが回って気安くなることもなさそうだ。まさか、所在なげに背中を丸めた「猫」背で、黒瀬さんたちの話題に参加しているつもりでもないだろう。

すると、そんな久慈林くんの様子に気づいたように、月愛がハッとこちらを見た。

「……そーいえば、久慈林くんって、珍しい名前だよね。リュートに教えてもらわなかったら絶対読めなかったー！　『クジリン』って読んじゃう！」

「久慈《くじ》」は読めるんかい！　そんで「林」を間違うんかい！　と思ったけど、俺はそんな芸人みたいなツッコミはできないので、ただ思っただけだ。

月愛は俺の苗字《みょうじ》を初め「クワシマ」と読んだくらい独特なセンスをしているから、わからなくもない。

「…………」

久慈林《くじばやし》くんは食べる手を止め、視線を上げ下げして、キョドっている。どう対応していいかわからないのだろう。

「ね、クジリンって呼んでいい？」

「……え？」

月愛に訊《き》かれて、久慈林くんは本日初めて声を出した。

黒縁眼鏡の奥の瞳をキョロキョロと動かしてから、観念したように口を開く。

「……どうぞお好きに……」

久慈林くんの口調が文語でなくなるのは、相当動揺しているときだ。

「わーい！　よろしくね、クジリン！」

「…………」

久慈林くんが赤面している。さすが月愛……と思う一方、俺はちょっとだけ複雑だった。

俺の友達とはいえ、彼女が目の前で他の男との距離をグイグイ詰める様子に、なんとなく面白くなくなってしまったのだ。自分でも狭量《きょうりょう》だとは思うけど。

気分を変えようと、俺は残りのハイボールを一気飲みして、二杯目を頼んだ。

会食はそんな感じで、主に月愛がそれぞれに話を振る形で進んだ。おかげでとりあえず会話が途切れることはなかったが、肝心の久慈林くんと黒瀬《くろせ》さんが会話する機会はなかなか訪れない。

とにかく久慈林くんは、自分が話しかけられていない状態になると、すぐにスーッと殻にこもってしまうので、四人で会話することすら難しい。

俺は飲むペースが速かったこともあって、一時間経《た》たないうちにトイレに立った。

「ちょっとトイレ」

そう言って席を立つと、なぜか久慈林くんも立ってついてきた。

「え？　どうしたの？」

「……小生も、小用に……」

「え、じゃあ先行く？　トイレ一つかもしれないし、席で待ってるよ」

そう言って席へ戻りかけたら、久慈林くんに肘をガシッと掴《つか》まれた。ものすごい顔で首を横に振っている。「一緒に行こう」ということらしい。

そこでようやく、彼の行動の意味がわかった。トイレに行きたいのではなく、女子二人とあの半個室に一人でいる状況が耐えられなかったというわけか。

いい歳《とし》して図らずも連れション状態になってしまったが、トイレは個室だったので順番に入ることで事なきを得た。先に出た俺は、ドアの近くで久慈林くんを待ってあげた。

「っていうかさ、せっかくの機会なんだから、黒瀬さんともっと話しなよ。黒瀬さんのこと、いいなと思ってるんでしょ？」

久慈林くんの気持ちもわかるので、酷なことを言っていると思った。ただ、俺も同じ陰キャ童貞だが、月愛と付き合って長いので、マインド的にはだいぶ普通の男に近づいており、彼の振る舞いが歯痒《はがゆ》くて仕方ない。

「……しかし、小生のような童貞妖怪とは、同席しているだけで不快極まりないのではなかろうかと……」

「不快だったら一緒に食事したいって言わないでしょ。この会やりたいって言ったの、黒瀬さんなんだよ？　久慈林くんと友達になりたいと思ってるんだよ？」

「…………」

俺が力説すると、今度は黙って赤面してしまった。どこまでピュアなんだ。

「しかし、斯様《かよう》な美少女に、小生のような……」

「だから、見えないから！」

「小生には見える……」

「だから、そんな変なスカウター外しなって！」

言ってから、俺はハッとした。

「……そうだよ。その眼鏡、外してみたら?」

俺の提案に、久慈林くんは眉根を寄せて、怪訝《けげん》な顔をする。

「……貴君、今何と?」

「久慈林くん、すごい近眼なんでしょ? 眼鏡外したら、黒瀬さんが美少女かどうかわからなくなって、話しやすくなるんじゃないかな?」

「…………」

久慈林くんは困惑していたが、他に妙案はないと悟ったのか、俺の言う通り眼鏡を外してポケットにしまった。

「……足元が不明瞭であるから、席まで貴君の肩に手を置いても良いだろうか?」

「そ、そんなに!? 視力いくつ? ○・一とか?」

「最後に測った折の値は、左が○・○二……」

「そんな度数あるんだ!?」

人生で一度も視力を矯正したことのない身としては驚愕《きょうがく》だ。彼の視界には今、俺には想像もつかない景色が広がっているらしい。

とにかく、俺は裸眼の久慈林くんに肩を貸して、半個室の席へ帰った。

「クジリン⁉」

帰ってきた俺たちを見て、月愛《るな》が目を丸くした。

「眼鏡どうしたの？」

「なんか落として壊れちゃったみたいで」

「だいじょぶ？　てか、めちゃくちゃ顔良くない⁉」

そう言って、興奮したように黒瀬さんの肩を叩《たた》く。

「ねぇ海愛？　海愛もそう思うよね？」

月愛に意味ありげに顔をのぞき込まれて、黒瀬さんはその意図を汲《く》み取《と》ったらしく、苦笑まじりに微笑《ほほえ》む。

「……人は顔じゃないけどね」

とはいえ、黒瀬さんも眼鏡オフ久慈林くんを悪くは思っていないことが、その表情からわかった。

眼鏡を外した効果は久慈林くんの方にもあって、何か訊かれて答えるとき、視線が下がりがちだったのが、黒瀬さんの方にも自然と目を配るようになった。

とはいえ、会話はやはり月愛が主導で、しかもちょくちょく久慈林くんを「ほんとイケメンだよね！」と持ち上げまくるので、俺はまたしても、だんだん面白くなくなってきてしまった。

二度目のトイレに立ったとき、久慈林くんはついてこなかった。月愛にはだいぶ慣れたようなので、不自然な二度目の連れションより、三人でいることを選択したのだろう。

ゆっくりした気持ちで用を足してトイレの個室を出ると、すぐそこに月愛が立っていた。

「あ、リュート！」

トイレへ続く細い通路で、俺を待っていたかのように、月愛は近づいてくる。振り返って確認したが、トイレはちゃんと男女別になっているので、順番待ちではないようだ。

「あの二人、ちょっと二人きりにしてあげよーかなって思って、あたしもトイレ来た」

小声で言ってから、月愛は俺を見つめて小首を傾《かし》げる。

「どしたの、リュート？　さっきから気になってたんだけど、なんか元気なくない？」

「別に……」

と一旦は答えたものの、酔いが回っていたこともあって、そこで黙ることができず続けてしまった。

「……月愛が、久慈林くんにずいぶん親しくするんだなと思って……あだ名で呼んだり、

POP

イケメンだって褒めたりするし……」

「えっ？」

月愛が目を丸くする。

「……もしかして、ヤキモチ？」

気まずくて答えられずにいると、月愛はパッと顔を輝かせた。

「わぁ、嬉《うれ》しい！　まだヤキモチ焼いてくれるんだ！」

「………」

だって、俺と違って久慈林くんは将来もほぼ決まっているし、勤勉で男前だし……と心の中で思うが、友達に対してそんな引け目を感じてしまうなんてこと、恥ずかしくて口には出せない。

「でもさ、眼鏡外したら、目元の彫りが深くて、鼻高くて、顔整ってたんだもん。リュートだって、そう思うでしょ？」

「………」

思っているからこそ面白くないのだ。自分の顔が、客観的に見て美男子でないのをわかっているから、自分の彼女が手放しに他の男を賞賛するのは、たとえ友達であっても……

いや、友達だからこそ気分が良くないのかもしれない。月愛が、俺の前で他の男性の容姿をこんなに声高に褒めるのは初めてだから、それは俺にとって初めての感情だった。

そんなことを考えながら、決して口に出すことはできない俺をまじまじ見つめて、月愛がふと口を開いた。

「でも、あたしは、リュートのが好みだよ？」

「え……!?」

「なんでそんな驚くの？　芸能人とかイケメンだなって思う人はいるけど、男として好きなのとは別でしょ？　好きな人が、自分にとっては一番かっこいいじゃん？」

「…………」

それが本当なら嬉しいけど、そんなことをわざわざ彼女に言わせてしまった自分の器の小ささが恥ずかしい。

「褒めてるのも、ちゃんと理由があるんだよ？　海愛《まりあ》にクジリンのこと、男の子としていいなぁって思ってもらえたらいいなと思って。女の子って、他の女子が褒めてる男の子のことは気になっちゃうじゃん？」

そういえば、昔そんなような話を聞いたことがあったっけなと思い出した。あれは山名さんか、谷北さんだったか……俺が辛《かろ》うじて交流のある女性だから、その辺りだろう。

「それに、親しくするに決まってるくない？　リュートの大事なお友達じゃん。友達の彼女として、あたしとも仲良くしてほしいし」

そのリア充的な思考は俺にはちょっとよくわからないのだけれども、一般論としては理解できる。

「海愛とも、これから仲良くなって、もしかしたら付き合うようになるかもしれないし……ちょっと気が早いけど、うちの義弟《おとうと》になるかもしれないわけじゃん？」

「そ、それはちょっと、さすがに気が早すぎるよ」

「そ？」

「だって、まだ全然そんな段階じゃないし」

こんな会話を久慈林《くじばやし》くんに聞かれたら、ピュアな彼はプレッシャーで爆散してしまうかもしれない。

そのとき、トイレへやってくる人がいたので、俺たちは連れ立って席へ戻った。

意外にも、久慈林くんは黒瀬さんに饒舌《じょうぜつ》に喋《しゃべ》っていた。

「……して貴姉は、漱石《そうせき》と鴎外《おうがい》が、千駄木の同じ家屋に、時を違えて居住していたことがあるのはご存じか？」

一瞬、眼鏡を外した効果か？　と思ったが、すぐに違う、と気づいた。これは「二時間森鴎外《もりおうがい》」のときと同じ現象だ。突然、月愛が席を外して黒瀬《くろせ》さんと二人きりになってテンパり、とりあえず自分の知識を喋りまくっているのだろう。

「本日の個室は『かまくら』を模したものらしいが、『かまくら』といえば、漱石は鎌倉文士の一人であるな」

「カマクラブンシ……？」

「鎌倉にゆかりのある文豪のことを総じてそう呼称する。漱石は自身や妻の療養の地として鎌倉を選び、その後も何度も鎌倉を来訪している」

「ああ、カマクラって、地名の鎌倉ね」

黒瀬さんは、話についていくのが精一杯というような相槌《あいづち》を打つ。

「漱石の前期三部作の一つの『門』にも北鎌倉が登場するし、後期三部作で最も広く知られた『こころ』でも、冒頭の『先生』と『私』の出会いの場面は鎌倉の海水浴場であろう？」

「そうなの……」

「なになに、それなんの話？　ってゆーか何語？」

月愛がそこで会話に入って、黒瀬さんがホッとしたような顔をする。

「月愛ってば。『門』はともかく『こころ』は、高校の現国の教科書に載ってたでしょ？」

「そうだっけ？　そういえば読んだよーな気もするけど……そんな話だったっけ？」

「無理もあらず」

久慈林くんも、黒瀬さんより月愛の方がリラックスして話せるようで、月愛の方に顔を向けて喋り出した。

「高等学校の教科書に引用されるのは最終部の『先生と遺書』が中心で、冒頭は掲載外であることが多いゆえ」

「へえー、そんなの知ってるの、すごー!」

　月愛の相槌が巧みなせいもあるのか、久慈林くんの解説は止《とど》まるところを知らない。

「であるからして、漱石は……」

　黒瀬さんが死んだ目をしているので、俺は相槌を打つのを止まって場を静観した。

「そ、そろそろラストオーダーの時間だけど、何か頼むものある?」

　隙を見て話しかけ、ようやく久慈林くんの独演会を強制終了することができた。

「あ、じゃあデザート頼も一かな! ねぇ海愛はどーする?」

「そうね、抹茶のケーキ美味《おい》しそう」

「ほんとだ! わぁ、最中とかもあるじゃん! さすが和風〜!」

　月愛と黒瀬さんが、ウキウキとメニューを見ながらデザート会議を始める。

　そんな中。

「最中といえば」

と、ここでなんと久慈林くんが女子の会話に割って入ってきた。

「甘党の漱石が、好んで食していたものの一つであるな」

「へえ、そうなの？」

人のいい月愛が、メニューから目を上げて、無邪気に相槌を打ってしまう。

「特に銀座の老舗『空也《くうや》』の最中が大好物であり、先程話題に上った『吾輩《わがはい》は猫である』にも、空也の名が登場する場面が……」

「へぇ〜！」

やめてよ、久慈林くん！　もうこれ以上ここを豆知識番組のスタジオみたいな空気にしないで！

俺は心の中で泣いた。

友の恋路を応援したいのに、これじゃ全然ダメだ。俺が女の子だってドン引きだ。というか男で、なんなら仲のいい友達であるところの俺だって、この状況にはなかなか引いている。初めて会った黒瀬さんに二時間森鴎外の話をし続けたというのも、誇張なしの事実だったのだろうと思える。

最初はずっと無言だったくせに、一度自分のフィールドの話になると止まらなくなるとか、昔の自分を見ているようで泣けてくる。

黒瀬さんの張りついたような表情に気づいてほしい。

どうにかして久慈林くんの暴走を止めようと、何か発言しようとした、そのときだった。

「…………？」

膝に何かが当たって、反射的に避けようとする。だが、それは追尾するように俺の膝に当たり続ける。

なんだ？　と思ってテーブルの下を軽くのぞいて、それが月愛《るな》のつま先だということに気づいた。

「……！」

サンダルの片方を床に脱ぎ捨てた素足で、俺の膝をちょんちょんと突《つつ》く。

確信犯だというように、目が合った月愛は、ニッといたずらっ子めいた笑顔を見せた。

そして、俺の膝をくすぐるように、つま先を巧みに動かす。

「……ちょ……！」

くすぐったくて笑いそうになるが、月愛が「シッ」と口元で人差し指を立てる。隣の黒瀬さんと、久慈林くんの方に視線を向けて、目配せする。

二人が話しているから、静かにしろということらしい。

「漱石の好物といえば、英国留学中に出合ったいちごジャムの逸話が有名であるが……」

話しているのは久慈林くんだけであるが、その視線はまっすぐ黒瀬さんの方を向いていて、黒瀬さんも彼の話に傾聴の姿勢で頷《うなず》いている。

その傍《そば》で、俺は膝を、月愛のつま先で嬲《なぶ》られている。

「…………」

なんだこの罰ゲームは……いや、罰なのかご褒美《ほうび》なのか、それすらちょっとわからない。

俺がおとなしくなったのを見て、月愛はススとつま先を進め、太ももの方まで進出してきた。

「……!?」

そ、それはいくらなんでも過激すぎないか……？　と焦《あせ》る俺は、月愛のつま先から意識を逸《そ》らすために、久慈林くんと黒瀬さんの会話に聞き耳を立てた。

「……と、以上のようなことはすべて、貴姉においては釈迦《しゃか》に説法であったことであろう。漱石の専門であるならば」

久慈林くんの言葉に、黒瀬さんは沈んだ表情で俯《うつむ》く。

つられて俯いた俺の視界には、月愛の白いつま先と、真っ赤なネイルのコントラストが鮮やかに飛び込んできた。

「……そんなことないわ。わたし、今日あなたが言っていたこと、全然知らなかった。わたしって不勉強だわ……」

「ときに、貴姉の卒論は、漱石の何を主題に？」

「……『こころ』の『奥さん』と『私』が、先生の死後に再婚してるんじゃないか……ってテーマにしようと思ってるんだけど、『こころ』の冒頭の舞台が鎌倉だってことも覚えてなかった」

それを聞いて、久慈林くんが「ふむ」と唸《うな》った。

俺は、月愛のつま先がどんどん太ももの付け根へ近づいてくるので、思わず漏れてしまった「ん」という声を、咳払《せきばら》いで誤魔化した。

「……それであるならば、石原千秋《いしはらちあき》氏の著書は読まれたか？」

「えっ？」

「存ぜぬとな？　ならば、先行文献としては、何を下敷きに？」

「え……同じテーマで研究してる人がいるの？　わたしはただ、自分が『こころ』を読んで、そう感じたから、その理由を書こうと思って……」

「それは『感想文』である。先行研究に当たらぬものは『論文』にあらず」

にべもない久慈林くんの言葉に、黒瀬さんは焦りの色を浮かべる。

俺は、テーブルの下での月愛との遊戯が、この二人にバレたら……という焦りで冷や汗を浮かべる。

「で、でも、わたしなんかただの学生で、院に行くつもりも、それだけの頭脳もないし……学者の研究成果には到底勝てないんだから……調べ尽くしたら、全部誰かがやっていることになっちゃって、論文なんて書けなくなっちゃうんじゃない？」

「さにあらず」

久慈林くんは、きっぱり言う。

月愛の足の親指が、くっきり「の」の字を書くように、俺の太ももの付け根を這《は》い回《まわ》る。

背筋がゾクゾクして、高まりそうな性感を堪《こら》えるのに必死だ。

「書く意味は、貴姉が書くということの中にありぬべし。この世に同じ人間がおらぬように、たとえ同じ主題で、同じ資料を用いて書かれたとしても、異なる人間が書く論文は、異なる考察を経て、異なる結論に至ると言えよう」

それを聞いて、黒瀬さんは項垂《うなだ》れた。

「……読んでみるわ。石原千秋さん……だったかしら？」

「小生が知る著者の中で今思いつくのはそれくらいだが、他にもおるやもしれぬ。重ねて申すが、小生は漱石の専門家ではないゆえ」

顔を上げると、月愛は、相変わらず小悪魔的な微笑を浮かべて、こちらを見つめていた。

「…………」

なんでそんなにエッチなんですか⁉

横に黒瀬さんと久慈林《くじばやし》くんがいるのに。

斜め向かいで、静かに項垂れる黒瀬さんを視界の隅に捉えながら、俺は目の前で妖艶《ようえん》な微笑《ほほえ》みをまとう月愛に、どうしようもなく翻弄されて、興奮していた。

◇

そうして会食が終わり、俺たちは改札前で解散した。

とはいえ、黒瀬《くろせ》さんと月愛と俺は方面が一緒なので、池袋で別れたのは久慈林くんだけだ。

「……久慈林くん、どうだった？」

ほどほどに混み合った電車の中で、俺はおそるおそる黒瀬さんに訊《き》いた。

「……そうね……」

黒瀬さんは、ちょっと沈んでいた。普段は酒豪な彼女なのに、今日は二杯くらいしか飲んでいなかったことも関係しているのかもしれない。

「さすが法応生って感じ……。この前も思ったけど……わたしなんか、話し相手にもなれなそう……」

「いや、そんなことないよ」

俺は焦って口を開いた。

「普段はそんな小難しい話してないし。あそこのラーメン美味《うま》い！　とか、間違えて『ニンニクマシマシマシ』って言っちゃったら『マシマシ』のときより一回多く振り入れてくれた、とか！　アホみたいなことしか話してないから！」

これで伝わるとは自分でも思わないが、久慈林くんとの普段の会話の内容は、本当にそんな感じなのだ。

それが、黒瀬さんの前ではああなってしまう理由がわからない。いや、わかるからこそ、本当に歯痒《はがゆ》い。

俺だって、初対面で二時間森鴎外《もりおうがい》の話をされていたら、友達になんかなっていなかった。

「……とりあえず、今日は二人ともありがとう。またね」

黒瀬さんの元気がないまま、俺たちはA駅で別れた。

俺は黒瀬さんと同じ最寄駅《もよりえき》だけど、月愛を自宅まで送るための途中下車だ。

まだ酔客たちでにぎやかな時間帯のA駅前を歩きながら、俺は月愛の手を握った。

「月愛、さっきのアレ……」

困ったんだけど、というニュアンスを含んで苦笑いする俺に、月愛は先ほどのいたずらっ子の微笑をした。

「気持ちよかった？」

「…………」

恥ずかしくて答えられずにいると、月愛がこつんと額を肩に当ててきた。

「……だって、リュートがヤキモチ焼くから。リュートが一番だよって、二人の前で、態度で示したんだよ？」

上目遣いで見つめられて、太ももで艶かしく動いていたつま先の感触が蘇《よみがえ》りかける。

「月愛……」

高二の終わりのお花見の日、A駅前を歩いてラブホを見つけたことを思い出した。

確か、休憩でも一万円近く。今でもやっぱり高いなと思うし、もしかしたらご時勢柄さらに値上がりしているかもしれないけど、それでも今なら払えない金額ではない。

でも、俺たちの間に今までそういうことに誘う雰囲気というか、文化がなさすぎたせいで、いざとなると、なんと切り出していいかわからなかった。

したい。

でも、言えない。

なぜなら、俺は過去に「月愛がしたくなるまで待つ」と宣言してしまったし、それを覆《くつがえ》して望みを主張できるほど、自分に自信がないから。

つくづく情けない。

沖縄で初体験できていたら、もしかしたら変わっていたのかもしれないと思うと、逃したチャンスが心から悔やまれる。

「…………」

久慈林くんのことなんて言えやしない。俺だって、未《いま》だにこの体たらくだ。

そうこうしているうちに、どんどん繁華街から離れて、人気のない住宅街へ歩いてきてしまう。

さっきの行為で覚えた熱は、今日も一人で解消するしかなさそうだ。

「……お姉さん、あれからどう？」

諦めた俺は、世間話を振った。

月愛《るな》は「えっ」と不意打ちを食らった様子のあと、「ああ」と取り繕ったような微笑を浮かべた。

「うん、とりあえず普通に戻ったよ。まだ電話すると毎回泣いてるし、とても立ち直れてはいないみたいだけど……」

そう言ってから、顎を引いて足元のアスファルトをにらむ。

「……ほんと、許せない。男の人って、なんでそうなんだろう」

その声色に込められた苛立《いらだ》ちに、ドキッとした。一瞬、自分に言われているのかと思ったからだ。

「不満があったら言えばよかったのに。別れるにしても、せめて最後に一言、理由を言って出ていけばよかったのに。黙って出てってLINEまでブロックするなんて、一度は好きだった相手に対して、思いやりがなさすぎるよ」

「……そうだね……」

後半に関しては明らかに俺のことではないので、ぎこちなく頷《うなず》くことができた。

「おねーちゃんはまだ恋しいみたいだけど、あたしは彼氏の『ライくん』に腹が立って仕方ない。毎日怒りで、どうにかなりそう」

そう言った低い声には、本当に純粋な怒りが込められているようだった。身内のこと、しかも大好きなお姉さんのことだからだろう。通り過ぎる街灯の光を受けて照らされる彼女の横顔を見て、こんなに怒った月愛を見るのは高校のとき以来だと思った。

あれは、高二のバレンタイン。黒瀬さんが俺にチョコをあげたと勘違いしたときのこと……。やはり月愛が怒るのは、家族に関することだけみたいだ。

「……『ライくん』は、なんでおねーちゃんの前から消えたんだろう」

ふと、月愛がつぶやくように言った。

「それがわかったら、おねーちゃんだって先に進めると思うのに。おねーちゃんの代わりに文句言ってやりたくても、本人の居場所がわからないから言うこともできない」

「そうだね……。定職に就いてなかったら職場に当たることもできないし……探偵にでも頼まない限り、難しいだろうね」

俺はそれを、一般論として当《あ》たり障《さわ》りなく言ったつもりだった。

だが、傍《かたわ》らの月愛は、天啓に打たれたようにピクッとして、立ち止まった。

「それだ！」

俺を見て、月愛は叫んだ。

「えっ⁉」

戸惑う俺に、爛々《らんらん》とした瞳を向けて。

「ありがと、リュート！　あたし、おねーちゃんの彼氏を絶対に捜し出してみせる！」

住宅街の夜道で、月愛は興奮気味に、そう宣言した。

第二・五章　朱璃ちゃんとマリめろのオフトーク

都内のファッションビルの中にあるカフェで、二人の少女が向かい合って座っていた。

「…………」

「…………」

しばらくの沈黙の後で、一人の少女が顔を上げた。

「……朱璃《あかり》ちゃん」

その声で、向かいにいる「朱璃ちゃん」と呼ばれた少女が顔を上げる。

「……ん？」

「……それで、どうするの？　産むの？」

「…………」

朱璃ちゃんは再び俯《うつむ》き、沈黙に入ってしまった。

テーブルの上には、二人の飲み物の他に、一枚の写真がある。全体的に黒く、砂嵐のように粗い画像で、真ん中に白っぽい、勾玉《まがたま》のような形のものが写っている。

「……産むよ」

顔を上げずに、朱璃ちゃんが答えた。

「だって、それ以外ないじゃん。こんな写真見ちゃったら……」

テーブルの上の写真を見て、思いを凝らした顔をする。

「『ここが心臓ですよ』って見せられて……なんか感動しちゃって……。もう、ちゃんと一人の人間なんだって思ったら、あたし……」

そこで朱璃ちゃんは、感極まったように俯いて口元を押さえる。

「ユースケとの将来も不安だし、出産も死ぬほど怖いけど……この子をなかったことにはできないよ……」

「そっか」

もう一人の少女は微笑《ほほえ》んで、背中と背もたれの間に置いていたハンドバッグからタオルハンカチを取り出して渡す。

「ありがと……」

うめくように言って、朱璃ちゃんは目元にそれを押し当てた。

「お互いのご両親には、もう言ったの？」

「まだ……。うちはともかく、ユースケんちは厳しそうだから、たぶんめっちゃ怒られると思う……。でも、次の休みには行かなくちゃって話してる。気が重いからって先延ばしにしてても、この子の成長は止まってくれないし……」

朱璃ちゃんはタオルハンカチを外して俯いて、まだ平坦《へいたん》な自身のお腹《なか》を見つめた。

「……でも、すごいね。わたしの友達の結婚第一号が朱璃ちゃんだなんて、最近まで想像もしてなかった」

友人の微笑みながらの言葉に、朱璃ちゃんも赤い目で顔を上げた。

「あたしもだよ。絶対ルナちだと思ってた」

そう言って笑って、ふと気分を変えるように手を打ち合わせる。

「そういえば、マリめろは？　男の子の話ないの？」

それを聞いて、「マリめろ」と呼ばれた少女は苦笑いする。

「わたしはないなー。……あ、夏前に、ちょっとあったけど」

「えっ、何⁉　知らない知らない！」

「しばらく会ってなかったもんね。……でも、話すほどのことじゃないよ」

「えー、教えてよ！」

朱璃ちゃんが盛り上がっているので、マリめろは仕方がなさそうに口を開く。

「わたしは好きだったんだけど……付き合えない人だった」

「えっ、どゆこと⁉　まさか……不倫⁉」

「ちょ、ちょっと、やめてよ！」

店内の他のテーブルを気にして、マリめろがうろたえる。

「……何もしてないから。確かに、妻子持ちの人だったけど。……だから、ちゃんと諦めた」

「騙《だま》してたの⁉　独身のフリして近づいてきた⁉」

「ううん。最初から隠してなかった……だから、わたしがバカだったんだ」

マリめろが力なく自嘲する。

すると、朱璃ちゃんは「そんなことないよ」と強く言った。

「マリめろは、あたしの友達の中で、一番賢い女の子だよ」

友人の言葉に、マリめろは少し嬉《うれ》しそうに微笑する。

「……ありがとう」

「マジでさ。マリめろは、あたしみたいにうっかり妊娠とか、絶対にしないんだろうなぁって思う」

それを聞いて、マリめろは微笑みながら俯いた。

「……でも、わたしは朱璃ちゃんが羨ましいよ」

そう言って、何かをなつかしむかのように目を細める。

「わたしは、わたしの心は……きっと、『うっかり』したかったんだと思う」

朱璃ちゃんが見守る中、マリめろはぽつりと言った。

「うっかりでも、間違いでも……サトウさん……その妻子持ちの人と、結ばれたかった」

ぎょっとする朱璃ちゃんをわざと視界に入れないようにして、マリめろはそう言った。

「……だって、それが恋だと思うから」

そうして寂しく微笑む友を、朱璃ちゃんは眉根を寄せて見つめる。

「マリめろ……」

それからハッとして、わざと明るい表情を作る。

「ねえねえ、他にはいないの？　仲のいい男友達とかでもいいからさ！」

「うーん……」

マリめろは考えて、渋々というように口を開く。

「仲のいい友達……ではないんだけど、二回食事した男の子ならいる」

「えっ、誰々⁉　どこの人⁉」

途端に食いついてきた朱璃ちゃんに、マリめろは苦笑しながら答えた。

「加島《かしま》くんの大学の友達。紹介してもらったの。二回目は、月愛と加島くんと四人で、ついこの前会ったばかり」

「えーすごい！　じゃあ法応ボーイだ」

「そうね……」

「どうどう？　イケメン？」

「……うん、顔は……そうね」

「えっ、サイコーじゃん！　次はいつデートするの？」

「……うーん……。そういうんじゃないかも」

「え、どゆこと？」

「わたしにそんなに興味ないっていうか……二回とも専攻の話しかしてないし……どんな人なのか、よくわからないのよね」

マリめろのその言葉に、朱璃ちゃんは意外な顔をする。

「そんなことある⁉　マリめろに落ちない男なんて、からあげ嫌いな日本人くらいレアだよ⁉」

「でも、ほら……このＬＩＮＥ見てよ」

マリめろが自分のスマホを取り出して、朱璃ちゃんの方に差し出して見せる。

画面をにらんでいた朱璃ちゃんが、驚いたような顔になった。

「えっ、これマジ⁉」

「マジよ」

「うわー……」

害虫を見るかのように、朱璃ちゃんが顔を歪《ゆが》ませる。

「確かに、これはやめといた方がいいわ」

そして、ふと不思議そうな顔になった。

「……加島くんは、なんでこんな人と友達なんだろーね？　加島くん、めっちゃいい人じゃん？　高校の頃の友達も、地味だけどいい感じだったよね。ユースケって、付き合ってから知ったんだけど、けっこーギャグセン高くて面白いんだよ。仁志名《にしな》くんも話してて楽しいって、ニコるん言ってたし」

マリめろも、同意という顔で頷《うなず》く。

「うん……。だから、どこかにいいところはある人なんだろうと思うけど」

そう言って、画面を消したスマホを手元に引き込みながら、困った顔で首を捻《ひね》った。

「わたしにはまだ、それがわからないかなぁ……」

第三章

十月になり、半袖ではもう肌寒い季節がやってきた。

大学は後期が本格的に始まり、俺は授業とバイトを繰り返す日常に舞い戻る。


そんなある日の日曜。

俺は月愛《るな》と二人、馴染みのない街の駅に、夕刻、降り立った。

——ねぇ見つけた、「ライくん」！　タンテーさんに教えてもらった！　厚木の親戚の中華料理店で、店の出前手伝ってるって！

月愛から連絡を受けたのは、つい先日のことだ。

——あたし、どーしても言ってやりたい。おねーちゃんに別れる理由を言って、一言謝れって。それから「今までありがとう」って言ってほしい。おねーちゃんが前を向いて歩ける言葉をかけてあげてほしい。だって、おねーちゃんは彼氏のこと、本当に大切に思ってたんだもん。

——お姉さんには、彼の居場所が見つかったこと言った？

——言ってない。あたしが勝手にやったことだし、今のジョーキョーだったら、知らない方がよかったたって思うかもしれないから。

——そうか……。

——あたし、「ライくん」に会いに行ってくる。

——えっ⁉

——海愛《まりあ》には、タンテーさんに依頼するときも「そんな勝手なことしない方がいいわよ」って言われたし、会いに行くのも「逆上されたら危ないからやめた方がいい」って反対されてるけど……でも、あたし、どうしても許せない。おねーちゃんの代わりに、一言言ってやりたい。

——決めたんだね？

——うん。そのために高いお金払ってタンテーさんに頼んだんだもん。会いに行かなきゃ意味がない。

——……わかった、じゃあ俺も行くよ。

——えっ⁉　リュート、ついてきてくれるの？

——だって、月愛が心配だし。

――……リュート……ありがとう……。

何しろ相手は、三年も養ってくれた彼女をあっけなく捨てられるほど肝が据わった男だ。俺がいても逆上されるかもしれないし、そうなったら確かに怖いけど、月愛を一人で行かせて心配しているよりはマシだ。

そう思って、月愛についてきたのだった。

お姉さんの元カレ「ライくん」こと、花田頼音《はなだらいおん》、二十三歳。

厚木市出身なのはお姉さんから聞いていたことで、SNSから出身の小中学校まで判明しており、プロが所在を突き止めるのは比較的容易だったようだ。そのため、探偵費用は見積もりよりも安く済んだらしい。

彼の両親は幼い頃に離婚しており、父親はその後すぐに他界、頼音を引き取った母親は、彼が高校を卒業したあと再婚して出産し、新たな家族と暮らしているらしい。

今、頼音が身を寄せているのは、その母親の兄、頼音にとっては伯父に当たる人の家だ。頼音の伯父は、両親から受け継いだ昔ながらの町中華を営んでおり、現在、彼はその店の出前を主に手伝って、働いているらしい。

というような情報が、探偵から月愛にもたらされ、俺は来る途中の電車で彼女からそれを聞いた。

「……なんか聞く限り、ちょっと家庭に恵まれてない人みたいだね……」

駅から歩いて、その中華料理店へ向かう途中、俺は思ったことを言った。

「……だからって、恋人を雑に捨てていい理由にはならないよ」

月愛は前を見たまま、硬い声で答えた。

大好きなお姉さんを傷つけた彼氏が、なんとしても許せないらしい。

「おねーちゃん、今までも彼氏にフラれるたびに落ち込んでたけど……あんなに荒れたのは初めてだった。飛び降りようとまでするなんて」

やはりそれが一番ショッキングだったのだろう。月愛は唇を噛《か》んだ。

「『ライくん』のことは、ほんとに信じてたんだと思う。そんなおねーちゃんの信頼を裏切ったことが、あたしはなにより許せない。あんなに愛と思いやりに溢《あふ》れたおねーちゃんを」

月愛は、高校の頃、道で見かけた関家《せきや》さんを摑《つか》まえて山名さんとの復縁をお願いしたり、親しい人のためなら異常な行動力を発揮することがある。

まさか本当に探偵に頼むとは思っていなかったけど、月愛に知恵をつけたのは俺だし、ここまで来たら腹を括《くく》るしかなかった。

陽が落ちて薄明の時間帯になった頃、俺たちは現地へたどり着いた。

その中華料理店は、駅から二十分ほど歩いた住宅地にある、商店街っぽい通りの中にあった。周囲を見ると、今ではコンビニや不動産屋くらいしか元気な店舗がなさそうな商店街だが、その中では最も古くからありそうなお店だ。

色褪《いろあ》せた赤い暖簾《のれん》に書いてある「来々軒」の文字、粗く分厚いすりガラスの引き戸の入り口など、ドラマのセットかと思うほど「ザ・町中華」な店構えだ。

しばらく外の電柱の陰に立って見ていると、大通りの方から一台の原チャリが走ってきて、店の前に駐《と》まった。後ろに年季の入った銀色の箱をぶら下げた、往年の名作ドラマに出てきそうな原付だ。

そこから痩せた男性が降りて、ヘルメットをしたまま店の中へ入っていく。

「……あれ！　今のだよ！　わかった⁉」

「えっ⁉」

ついぼんやりしていた俺は、月愛に腕を引っ張られてハッとした。

「あれが『ライくん』！　写真と一緒だった！」

「そ、そうか……」

ヘルメット越しでよくわかったな、と彼女の観察力に感心する。

花田頼音と思《おぼ》しき人物が運転する原チャリは、それから何度か、行っては戻ってを繰り返した。

十九時五十八分に店を出発したとき、月愛が言った。

「これが最後の配達だと思う。お店は二十時までって、ネットに書いてあったから」

「そっか……」

そうして二十時過ぎに原チャリが帰ってきたとき、月愛は店に近づいた。俺も、慌ててついていく。

「あの！」

月愛は、あまり友好的ではないトーンの第一声を発した。

「はい？」

原チャリから降りたヘルメット男性は、怪訝《けげん》そうな声を上げる。

「あたし、白河綺麗《しらかわきてぃ》の妹です」

「………」

ヘルメット越しで表情はよく見えないが、月愛の自己紹介に、声も出ないほど驚いている様子だ。

「姉のことで、ちょっとお話があるんですけど」

彼はしばらく無言だった。ややあって、辺りを見回して口を開いた。

「……三十分くらい、待っててもらえませんか?」

「いいですよ。そこの道左に曲がったところの大通りに、ファミレスあるの知ってますよね? そこにいます」

「……わかりました」

「絶対来てくださいね? バックレたら、またお店来ますから」

すごむように言って、月愛はヘルメットの奥をひとにらみした。

◇

彼がファミレスにやってきたのは、宣言通り三十分後のことだった。

夕飯の時間帯でお腹《なか》が空いていたので、俺と月愛は先に食事していた。俺たちが食べ終わる頃を見計らったように、彼はテーブルに現れた。

「…………」

彼は無言で俺たちの前に立ち、会釈《えしゃく》して席に座った。俺たちが通されたのは座席がソファタイプの四人席で、俺と月愛は片側に並んで座っており、彼が座ったのは、向かいの、俺と月愛の間くらいの位置だった。

痩せ型で、背は俺より少し低いくらいだろうか。巷《ちまた》でよく見るマッシュルームっぽい髪型は、月愛のお姉さんに切ってもらったのが最後なのか、少し伸びて目にかかっている。髪型のせいか、年齢よりだいぶ若く見える。

色が白く、凹凸があまりない中性的な顔立ちも相まって、見た目は弱々しい印象だ。オーバーサイズのトレーナーに黒いズボン、スニーカーという格好からも、どこにでもいる若者という見た目だ。……俺に言われたくないかもしれないけど。

彼女に養ってもらっていた自称ミュージシャン、という情報から、勝手にチャラそうな偏見を持ってしまっていたけど、気まずそうに沈黙している様子は、人より繊細で内気そうな青年だ。

「白河綺麗の妹の、白河月愛です。こっちは、あたしの彼氏の……」

「加島龍斗《かしまりゅうと》です」

俺たちが自己紹介すると、彼は頷《うなず》くように小刻みに会釈した。

「……花田頼音です」

そう言う彼を、月愛はにらむように見守って、

「よかったら、先に飲み物取ってきてください。ドリンクバー頼んでおくので」

と言った。

だが、彼は首を横に振った。

「いや、いいです」

「じゃあ、他のもの注文しますか？」

「水でいいです。……お金ないんで」

それを聞いて、月愛《るな》はふうっとため息をついた。

「あたしが払うんで、飲み物くらい飲んでください」

「……ども……」

そう言って席を立った彼が戻ってきたとき、その手には青汁を思わせる渋い緑色のジュースが入ったコップがあった。こんなドリンク、あっただろうか。

「……それ、なんですか？」

気になって、つい聞いてしまった。

頼音さんは、俺をちらと見て口を開いた。

「コーラとメロンソーダを半分ずつ入れたやつです。昔から好きで」

「ああ、なるほど……」

確かに昔やったことあるなぁと思ったけど、この深刻な雰囲気の中で、しかも他人の金で飲むドリンクバーで、それをやってしまうのか。ちょっとズレた人なのかもしれないと不安になった。

頼音さんが席に座って飲み物を一口飲んだタイミングで、月愛が早速切り出した。

「なんでおねーちゃんを捨てたんですか？」

頼音さんは、ギョッとしたように月愛を見た。

「すっ、捨ててないです！」

慌てたように言ってから、月愛の厳しい視線に気がついて、そっと目を伏せる。

「……ただ、あそこにいると、ボクはダメになってしまうと思って……」

「ダメって？　どういうことですか？」

月愛がじっと見守る中、頼音さんは怒られた子どものように項垂《うなだ》れて話し出した。

「……ボク、今年二十四になる学年なんですけど。同級生は結婚ラッシュで、子どもができたりしてる人もいるのに……ボク一人、いつまでも『自称シンガーソングライター』だなんて……こんな人生、いつまでも続けるわけにはいかないって、頭ではわかってて」

なるほど。自分でもそれはわかっていたのか。

「でも、キティちゃんはボクの夢を応援してくれて……『ライくんなら大丈夫だよ！』っ

ていつも励ましてくれて……自分は一日中立ち仕事で、毎日疲れて帰ってきてるのに、それでもボクのこと気遣って、お世話をしてくれて……。ボクなんか何もしてないのに……なんか申し訳なくて」

「だから、おねーちゃんから逃げたんですか？」

「逃げた……」

頼音《らいおん》さんは、月愛の言葉を復唱して、悲しい顔になる。

「……そうですね」

そこで、月愛が何か言おうと口を開きかけたとき、

「でも、迎えにいくつもりで！」

と、彼は言った。

「迎えに？　いつ？」

月愛は険しい顔つきで尋ねる。

頼音さんは、目を伏せて口を開いた。

「三ヶ月経《た》ったら……。ボク、今まで一つの仕事、三ヶ月続いたことなかったんで……一人前の男として、成長した姿で、キティちゃんを守れる男になれたよって、会いに行きたくて」

「……それ、全部おねーちゃんに言ってから家を出るんじゃ、ダメだったんですか？　LINEまでブロックして……おねーちゃんは、あなたにフラれたと思ってますよ」

　頼音さんは、苦しそうに眉根を寄せてうつむく。

「……そうするしかなかったんです。キティちゃんに言ったら、きっと『ライくんはそのままでもいいよ』って言ってくれて……それ言われたら、きっとボクは、またキティちゃんに甘えちゃって、今までと何も変わらない生活になっちゃうから」

　お姉さんの様子や発言を思い出して、確かにそれはあるかもしれないという気がした。

「『仕事始める』って言って、キティちゃんに応援してもらって、やってみたら合わなくて、すぐに辞める……そういうダサい姿、散々見せてきたから……とっくに『三度目の正直』も使い切っちゃってるし、また続かなかったら、余計にガッカリさせるだけだし、もう言ってるだけじゃ説得力もないから……とにかく事実として続けてからじゃなきゃ、話す資格もないと思って」

　俯《うつむ》きがちに訥々《とつとつ》と語っていた頼音さんは、そこで顔を上げて、俺と月愛を交互に見た。

「ボク、今、伯父さんの店で働いてて……さっきの中華料理屋なんですけど。今は出前のバイトなんですけど、伯父さんちの娘さん……ボクの従姉妹《いとこ》なんですけど、二人とも都内で働いてて、店継ぐ気とか全然なくて……だから、ボクが真面目に働くなら、店を継ぐための料理の仕事も教えるって言ってくれてて……ボク、一応調理師の専門学校出てるんで……それでなんでシンガーソングライター目指すんだって話ですけど……学校はお母さんに勧められて行ってて、音楽は趣味でずっとやってて、やっぱり諦められなくて……すみません、話下手ですよね……わかりました？」

「なんとなく」

それに、悪い人ではなさそうだというのも、なんとなくわかってきた。

こんな状況でもドリンクバーで遊び心を出してしまうところといい、子どものように純粋な人なのかもしれないと思った。

月愛も同様に思ったのか、その顔から徐々に怒気が抜けて、我が子を心配する親のような表情に変わってきた。

「……今の仕事は、始めてどれくらい？」

「キティちゃんの家出てすぐなんで……一ヶ月半くらい？　目標の半分ですね」

「残り一ヶ月半、続けられそうなんですか？」

その先ももっと続かなくては困るけどな……と思いながら聞いていると、頼音さんは頷く。

「……ボク、怒られるの苦手で……先輩とかに叱られると飛びたくなっちゃうんですけど……伯父さんも伯母さんも、すげぇ優しくて……ボク、あんま社会の常識とか知らなくて、失礼な態度も取ったりしてるかもしれないんですけど、伯父さんたちは『こういうことすると、こう思われるかもしれないから、こうしようね』って一つずつ教えてくれて、なんか……ありがたいっす」

初めてその顔に微笑らしきものが漏れたのを確認して、伯父さん夫婦とは上手《うま》く行っていることがわかる。

だが、月愛は追撃の手を緩めない。

「三ヶ月経つ前に、おねーちゃんに新しい彼氏できちゃったらどうするんですか？」

その問いに、頼音さんの表情が再び暗くなった。

「……一度別れるつもりで家を出たので……それでも仕方ないとは思ってます。それくらいのことをしたと思ってるんで」

そこも、ちゃんとわかっているのか。やはり、想像していたほど救いようのないダメ人間ではなさそうだ。

「それでも、あのままじゃいけないと思ったから。自分を変えるには、こうするしかなかったんです。あの家にいたら、とにかくキティちゃんがいい女すぎて、将来のこととか全然考えられなくて」

お姉さんのむちむちの部屋着姿を思い出して、同じ男として、その気持ちは非常にわかると思った。……月愛には言えないけど。

「……シンガーソングライターは、もういいんですか？」

そこで、俺からも尋ねた。

それなりに繁盛《はんじょう》していそうな中華料理店なので、本腰を入れて跡を継ぐことになったら、音楽活動に精を出す余裕はなさそうだけど……と思ったからだ。

頼音さんは、また少し俯いて答えた。

「本格的に働くことになったら、諦めるつもりです。……でも、その前に一曲……最後に今の自分のすべてを込めた曲を作って……その曲と一緒に、キティちゃんを迎えに行きたいと思ってて」

「……その曲は、もうできてるんですか？」

「メロディはできてます。……でも、歌詞が全然まとまらなくて」

そう言うと、頼音さんは自嘲を浮かべる。

「もうわかると思うんですけど、ボク、人に自分の気持ちとか考えとか、ちゃんと伝えるのへタクソで……歌でなら、メロディに乗せて好きなこと伝えられると思って、シンガーソングライターを目指してたんですけど……。キティちゃんに対しては、伝えたい気持ちがありすぎて、全部を歌詞に込めるのが難しくて……」

「ヘタじゃないですよ」

そこで月愛が、とりなすように口を挟んだ。

「あたし、さっきから花田《はなだ》さんが言いたいこと、大体わかるし」

「……それは、そちらからいろいろ訊《き》いてくれたからだと思います。自分から伝えるって……ほんと難しい」

それを聞いて、俺はなんとなくハッとした。

自分から伝えることの難しさは、俺も最近、月愛に対して感じていたことだったから。

「……でも、仕事が三ヶ月続いたら、花田さんには早くおねーちゃんに会いに行ってほしい」

月愛が、懇願するような表情で言った。

「……おねーちゃん、すごく傷ついてます。花田さんが何も言わずに家を出たから……」

それを聞いて、頼音さんの顔つきも悲痛になる。

「それは……申し訳ないと思ってます。でもボク、今は毎日、自分のことでいっぱいいっぱいで」

そう言って、一旦口をつぐんでから、彼は再び口を開いた。

「ボク、キティちゃんとの将来のこと、ちゃんと考えてます」

真剣なまなざしでテーブルの上を見つめ、そう言った。

「ボクがあの店を継いだとき、今の伯母さんみたいに、キティちゃんもお店を手伝ってくれたら嬉《うれ》しいけど……もしキティちゃんが美容師を続けたいなら、このへん空き店舗はいっぱいあるんで、近くで美容室を始めてくれてもいいし。……そのための資金も、ボクがお店を繁盛させて、稼がなきゃいけないですけど」

「………」

まさか彼にそこまでの展望があるとは思わなかったので、驚いて相槌《あいづち》の言葉に詰まる。

月愛《るな》も同様の思いだということが、隣の彼女の表情を見てわかった。

「そういう心づもりも、全部言えずに家を出たのは……今の自分に自信がないからなんです」

その言葉を聞いて、ドキッとした。

俺も最近、同じようなことを考えていたからだ。

「だから、仕事を三ヶ月続けて……生まれ変わった自分になったら、ボクの気持ちを全部込めた曲を作って、キティちゃんに伝えに行きたいんです」

俺と月愛がじっと耳を傾ける中、頼音さんは愚直に思える口調で語る。

「キティちゃんには、他の誰よりも幸せになる資格がある。本当にいい女性なんです。だから『ボクは元カレたちとは違う。キティちゃんを本当に幸せにする』って思って……それでも、傍《はた》から見たら、ボクはただのヒモだし、仕事を持ってた元カレたち以下の存在だって思うたび、惨《みじ》めになっちゃって……」

元カレたちとは違う。

頼音さんがそう語ったとき、ハッとした。

その思いは、俺が月愛と付き合い出したときに抱いた、最初の気持ちだったから。

「でも、何も成し遂げられてないボクには、何も言うことができなくて……黙って家を出るしかなかったんです」

「……花田さんの気持ちは、わかりました」

月愛が、そう言った。

「作詞って、そんなに難しいんですか？」

「そうですね……お話ししたように、もともと作曲より作詞が苦手で。それに今の生活だと、午前中から夜まで働いて、一日終わると身体《からだ》も疲れてるし、ゆっくりして寝るルーティンになっちゃってるから……相談相手がいたりしたら、やらなきゃって気持ちになるかもしれないんですけど」

「そうなんですか……」

月愛が残念そうに眉を下げる。早くお姉さんを迎えに行ってほしいのに、歯痒《はがゆ》いのだろう。

俺は俺で、歯痒い思いを抱いていた。

——ボクは元カレたちとは違う。

その思いがありながら、彼はそれを体現できず、お姉さんを傷つけて離れるしかなかった。

俺も……。

——俺は元カレと違う。

四年前、月愛の部屋で抱いたその思いを態度で示すため、俺は彼女に手を出さなかった。性的なことについては、とことん月愛の意思を尊重することに決めた。

だけど、そのせいで、俺は今……苦しんでいる。

　したい。けど、どうしていいかわからない。伝えるのが怖い……彼女の気持ちを踏《ふ》み躙《にじ》りはしないか、何かあったときに責任を取れる身分でもない俺が、そんなことを言ってもいいのだろうか……そんな思いがぐちゃぐちゃになって、結局、何もできずに悶々《もんもん》としている。

頼音《らいおん》さんを手助けすることで、俺自身も救われたい。

もしかしたら、そんな気持ちもあったのかもしれない。

「やりましょう、作詞。俺でよければ、お手伝いします」

気がつくと、俺はそう言っていた。

「えっ？」

「リュート？」

頼音さんと月愛が、驚いたように俺を見ている。

「俺、こう見えて……出版社の編集部で働いてるんです。バイトなので雑用ばかりだけど……編集者見習いとして、何か助言できることがあるかもしれません」

編集業務なんてほぼノータッチなので、それはハッタリに近かったけど、頼音さんに安心してほしくて、そんなことを言ってしまった。

自分の中に、こんな熱意が湧いていることに驚いた。

でも、他人事とは思えない。

——自分から伝えるって……ほんと難しい。

——そういう心づもりも、全部言えずに家を出たのは……今の自分に自信がないからなんです。

――ボクは元カレたちとは違う。

その気持ちは、俺の中にも、確かにあるものだから。

だから、頼音さんには、それを乗り越えて、お姉さんを迎えに行ける男になってほしい。

同じ立場の男としての願望だ。

「本当ですか……？　ありがとうございます、助かります！」

頼音さんは、救世主を見るような視線を俺に注いで、感謝の言葉を口にする。

そんな彼に向かって、俺はただ熱意のみで頷《うなず》いた。

勝算も目算も何もない。けど。

――加島《かしま》くんは編集者に向いてると思うよ。

もしかしたら、藤並《ふじなみ》さんに日頃から魔法をかけるように言われている言葉が、俺に無根拠な自信を持たせているのかもしれない。

「頼音さんには、最高の歌を作って、一ヶ月半後、胸を張って綺麗《きてぃ》さんに会いに行ってほしい……そう思うんです」

俺のその言葉に、頼音さんは真剣なまなざしで耳を傾けて。

「……ありがとうございます！　よろしくお願いします！」

そう言って、深々と頭を下げた。

◇

ファミレスを出て、別れるまでの道すがら、頼音さんがふと言った。

「そういえば、ボクがここにいること、どうして知ってたんですか？　キティちゃんには、伯父さんの店の名前とか、ちゃんと言ったことなかったと思うんですけど」

それを聞いて、俺と月愛は顔を見合わせた。

「……と、友達がこの辺に住んでて、遊びに来たとき、花田さんをたまたま見かけて！」

「ああ、そう言ってたね、月愛。お姉さんから、彼氏の写真見せてもらったことあって、わかったんだっけ？」

「そ、そうそう！」

俺たちは急きょ、苦しまぎれのヘタな芝居を打つことになった。

「へーすごい。そんな偶然ってあるんですね」

頼音さんは、奥二重の目を大きく見開いて、感心したように言った。

その、微塵《みじん》も疑念を抱いていない様子に、本当に純粋で素直な人なんだなと思った。彼に会うまで、なぜお姉さんはそんなダメ男を養っていたのだろうと疑問に思っていたが、ちゃんといいところもあるからなのだなと納得した。

お姉さんも、ちょっと子どもっぽい無邪気な印象の人だし、二人はお似合いなのかもしれない。

「じゃあ、ごちそうさまでした。帰ったら、早速、作詞頑張ります」

そう言って、彼は大通りを商店街の方へ曲がっていった。

二人になって、俺たちはしばらく無言で駅に向かって歩いた。

「…………」

──頼音さん、思ったよりちゃんとした人でよかったね。

──お姉さん、捨てられたわけじゃなくてよかったね。

どの第一声がふさわしいか頭の中で考えて、やっぱり月愛の言葉を待とうかなという気になる。

店を出る前に確認したとき、時刻は二十一時半過ぎだった。

終電は、まだある。月愛のことを家まで送ってはいけないかもしれないけど、そういうときはタクシーに乗ってもらえばいい。

夕飯も済ませてしまったから、もう他にこの街でする用事はない。

俺たちは、電車に乗って、また東京を縦断して帰るしかない。

今すぐ電車に乗っても、家に帰る頃はもう日付が替わってしまうくらいの時間になるだろう。

何度考えても、その結論しか導き出されない。

つまり、もう帰るしかない。

月愛は、明日も朝からアパレルの仕事だ。

「…………」

隣を無言で歩く月愛は、今何を考えているんだろう。

そんなことを思っていたら、月愛がこちらを向いて、目が合った。

「……ありがとう、リュート」

そっと微笑《ほほえ》んで、そう言った。

「リュートがいてくれてよかった」

そこで、彼女の表情が、ふと淡く褪《あ》せる。

「……って、この四年間、あたしはずっと思ってきた」

前を向き、月愛は確かめるように頷く。

「……うん。傍《そば》にいてくれるだけで、ありがたいことなんだよね。それに感謝しなきゃなって思う。……思った」

「月愛《るな》……？」

彼女が訴えようとしていることの真意が摑《つか》めずにいる俺を見て、月愛は安心させるように微笑んだ。

「リュートがどんな人なのかって、あたしはもうよくわかってるし……今さら意外なことが起こらないのも、よくわかってる」

その言葉の後半から表情が硬くなったが、月愛は微笑みを絶やすことなく続けた。

「それでも、あたしはリュートのことが好きだから、ずっと傍にいたいって思ってる」

嬉《うれ》しい、と素直に思っていると、月愛は続けた。

「最初は『してほしいことがあるなら、お互いちゃんと自分の気持ちを言葉で伝えればいい』って思ってたけど……もし、あたしの希望が『恋人にサプライズしてほしい』だったら、彼氏に『サプライズして』ってお願いして、してもらったサプライズは、あたしにとってはもう、全然サプライズじゃないわけじゃん？」

「そうだね……？」

「ドラマだったら、『恋人がこういうふうに言ってくれたらいいのに』ってセリフを、男の子に好きなだけ言わせられるけど……現実の人間は、そんな自分の思い通りにはならないもんね」

「……月愛。俺、何かした……？」

あるいは、何かしていないのか？

不安になって、思わず訊《き》いてしまった。

すると、月愛はハッとした顔で首を横に振る。

「ああ、ううん、ごめん。今の全部、独り言っていうか……自分で自分を納得させるために言ってたこと。あたし黙って考えるの苦手だから、頭の中、整理したくて」

そう言って、気遣わしげに微笑んだ。

「リュートに伝えたいのは『ありがとう』って部分だけ」

駅はもう、目と鼻の先に見えていた。

◇

頼音さんに会いに行った日から数日《すうじつ》経《た》っても、月愛の一連の言葉の意味は紐解《ひもと》けない。

別に喧嘩《けんか》をしたわけでも、気まずくなったわけでもなく、帰りの長い電車では、いつも通りの会話をして帰った。

でも、ちょっとだけ引っかかるものを感じながら、毎日を過ごしていた。

こんなとき、関家《せきや》さんに相談できたらなぁと思う。関家さんが次に帰ってくるのは春休みだ。わざわざ電話やメッセージで相談するような内容ではない。

考えてみたら、俺は他に、月愛のことを話せる相手がいない。

むしろ、女性のことに関しては俺が相談に乗ることの方が多い。イッチーが沖縄まで電話してきたみたいに。

俺の周りにいるのが類友の奥手男子なので、その中では、彼女と長く交際しているというスペックの俺が、何かと頼りにされがちなのだ。

その奥手男子の最たるものであり、ラスボス級の存在なのが、久慈林《くじばやし》くんだ。

「黒瀬《くろせ》さんと、あれからどう?」

ある日の昼休み、いつものカツカレーが美味《うま》い学食で、俺は向かいで食事する久慈林くんに尋ねた。

久慈林くん本人は別に、女性関係の相談に乗ってほしいとも思っていないだろうから、これは完全に俺のお節介だ。

でも、黒瀬さんのことに関しては、こちらが紹介した人だし、黒瀬さんも久慈林くんも異性慣れしていないから、経過を見守った方がいいような気がする。

俺は二人のことをよく知っているから、せっかく一度は縁があったのに、お互いの良さがわからないまま疎遠になってほしくないな、という気持ちがあった。

そして、放っておいたら、間違いなくこのまま疎遠になるだろうなという確信があった。

「……どう、とは？」

カツカレーを食べる手を止めて、久慈林くんが俺に言った。眼鏡の奥の瞳に、警戒心が光っている。

「あれから、黒瀬さんとLINEとかした？」

「……帰宅後、先方から御礼《おれい》の言葉を賜ったゆえ、返事を差し上げた」

「そっか」

それならいいかなと思ったけど、あの場の久慈林くんの様子を思い出して、ふと不安に駆られた。

「……ちょっと、もし差し支えなかったら、そのLINEのやりとり見せてもらってもいい……？」

「構わぬが」

久慈林くんはポケットからスマホを出して、ＬＩＮＥのトーク画面を開いて俺に渡した。

最新の会話が表示されている。

日付は、会食の次の日だ。

海愛
昨日は時間作ってくれてありがとう
いろいろ勉強になりました
わたしも久慈林くんを見倣《みなら》って勉強しなきゃ

久慈林晴空《はるく》
「しなきゃ」と思う勉強なら、しなくてよいかと
大学は義務教育機関ではないので

海愛

ごもっともですね…


「……!?」

俺は我が目を疑った。

トークはそこで終わっていた。

「ちょ、な、何これ、久慈林くん!?」

「ん？」

「なんでこんな返信するの!?」

否、好きな女の子に、なぜこんな返信ができるんだ!?

「黒瀬さんのこと嫌いなの!?」

俺の言っている意味がわからないというように、久慈林くんは眉を顰《ひそ》める。

「嫌いな人間には、そもそも返信などせぬであろう」

「いやムリ！　伝わんないよ、それ！」

事実、黒瀬さんの「ごもっともですね…」には自責と苛立《いらだ》ちが漂っているではないか。

国文学専攻で読解力に長《た》けているはずの久慈林くんに、なぜそれがわからないのか。

「……これ、このまま放置する気じゃないよね？」

この日付からもう、すでに一ヶ月近くも経ってしまっているけど。

焦《あせ》る俺を、久慈林くんは怪訝《けげん》そうな顔で見る。

「放置ではなく、この会話は、ここで向こうが完結させているであろう？」

「いや、終わらせるしかないじゃん、こんなの」

これ以上正論でやり込められて傷つきたくないから、黒瀬さんは会話と心を閉じたんだ。

「なぜ終わらせるしかない？　『勉強しなきゃ』と思うのは、彼女自身がまだ『勉強したい』と思えるほどの命題に巡り合えておらぬからであろう。それを探す手助けが必要なら、こちらはその労を払うことも厭《いと》わぬというのに、ここで会話を終わらせたのは彼女の怠惰以外の何物でもあらぬ」

「………………」

久慈林くんの主張はなんとなくわかったし、それはアカデミックな視点では正しいのだろうけど、一般の人間関係は、そうではない……。

というか、それを伝えるにしても、やり方が不器用すぎる。

「……久慈林くんは、黒瀬さんとどんな関係になりたいの？　師弟関係？　それとも、恋愛関係？」

「………………」

俺の質問に、久慈林くんは急に口を引き結んで押し黙ってしまった。

「……もし、久慈林くんに、黒瀬さんともっと仲のいい友達になりたいとか、それ以上に親密になりたいとかいう気持ちが、ちょっとでもあるんだったら……フォローした方がいいよ。このままじゃもう、黒瀬さんから連絡は来ないから」

俺に言われて、久慈林くんは項垂《うなだ》れるように頭を下げ、自分のスマホのトーク画面を見た。

「……確かに、こうして見ると、思いやりに欠ける物言いであったことは否《いな》めぬ。小生には学問しかあらぬゆえ、それで彼女の力になれるならと、つい熱が入りすぎてしまったのやもしれぬ」

「…………」

久慈林くんの気持ちはわかる。

彼はいい人なんだ。それは友達の俺がよく知っている。

ただ、あまりにも不器用すぎる。

「……今さら、なんと送ればよい？」

久慈林くんに改まって訊かれて、俺は「え？」と言葉に詰まった。

「うーん、そうだね……。もう時間が経ってるから、前のトーク内容には触れなくていいんじゃないかな。新しく会話を始めるつもりで、『最近どう?』とか……」

「小生は、左様なことは言わぬ」

「そうだね……」

アドリブとはいえ、自分の例文センスのなさに苦笑いしてしまう。

「まあ、内容は自分で考えてよ。別になんでもいいから。ちょっと会話が続きそうな感じで」

俺の言葉を受けて、久慈林くんは人生の難題にぶち当たったような顔をする。

「あとは、すぐに返しづらい返信が来たりしたときは、とりあえずスタンプで返すとか」

それは、月愛《るな》から学んだテクニックだ。

俺と月愛は大学になってから連絡手段がインスタのDMメインになってしまったので、LINEの文化からは遠のいて久しい。

高校時代、月愛はおさウサのスタンプをよく使っていたし、俺も同じものを購入して、たまに使っていたら、喜んでくれたなとなつかしく思い出した。

「黒瀬さん、『ちいきゃわ』のスタンプよく使うよね」

黒瀬さんとは、高校の頃にブロックし合った連絡手段がLINEだったので、交流を復活させてからの連絡もLINEだ。今はバイト関連などの業務連絡がメインだけど、彼女はときどきちいきゃわのスタンプを送ってくる。

ちいきゃわというのは、数年前から人気のSNS漫画のキャラクターだ。小動物をモチーフにした、可愛《かわい》らしく、庇護《ひご》欲をそそるキャラクターたちがけなげに活躍する漫画で、最近では漫画好きのオタク層のみならず、一般層にも人気のキャラクターとして浸透している。

「久慈林くん、スタンプは何か持ってる？」

「……茶色き熊や白き兎《うさぎ》、白き丸顔の人間や、黄色ざんばら髪人間のスタンプなら……」

「それ、LINEにデフォルトで入ってる無料のやつ！」

なんというキャラクターなのかは、俺も知らないけど。

「じゃあ、この機会に買ったらどう？　同じスタンプ使ったら、黒瀬さんも喜んでくれるかも」

それを聞いて、久慈林くんは露骨にイヤな顔をした。

「……貴君、まさか小生に『ちいきゃわ』を購入しろと申すのか？」

「いや、いいじゃん、それくらい……」

俺も最初におさウサのスタンプを買ったときは、何かに負けたような心理的抵抗感があったから、気持ちはわかるけど。

「黒瀬さんが自分で使ってるってことは、好きなキャラなんだろうし、どうせわざわざ買うなら、他のを選ぶより喜んでもらえると思うよ?」

「…………」

久慈林《くじばやし》くんは無言でスマホを操作する。

俺は、彼の向こうに広がる窓の光景に目をやった。

この食堂は、一階にある生協食堂と繋《つな》がっていて、吹き抜けになっている一階の様子が窓から見える。

視線の先で、商学部だか経済学部だかわからないが、いかにもリア充っぽい男女のグループがテーブルで和気藹々《わきあいあい》と話している。

彼らみたいな人種から見たら、俺たちはなんて幼稚な会話をしているんだろうと思われるんだろうな、なんて、勝手に自虐に入っていると。

「百五十円……」

おそらくLINEのコイン購入画面を見ているのであろう、久慈林くんがつぶやいた。

「百五十円あれば、図書館の本を十五頁《ページ》複写可能であるものを……」

「それなら本借りて帰って、自宅のプリンターでコピーしたら? 節約できるじゃん?」

「図書館には、貸出不可の貴重な蔵書もあるゆえ」

「そ、そうなんだ……」

そんなことすら知らない不真面目学生の俺が「じゃあスマホで撮影したら？」とか言っても、きっとまた何か反論されるので、それ以上言うのはやめた。

久慈林くんは中高一貫の名門私立に通っていたくらいなので、家はうちより裕福だと思うんだけど、バイトもせずに実家暮らしで大学に通って、院まで行こうとしている人生設計のためなのか、本人はなかなか節約家なところがある。

「まあ、無理にとは言わないけど……言葉で返すの自信なかったら、そういう方法もあるよってことで」

そう言って、食べ終わったトレーを片付けるために立ち上がろうとしたときだった。

「加島《かしま》殿」

俺を呼び止めた久慈林くんは、スマホの画面を見つめたまま、小さな声で言った。

「……今、小生が購入した『ちいきゃわ』は、如何《いか》にして会話に用いるのであろうか……？」

◇

久慈林くんに俺と月愛の過去のトーク画面を見せ、スタンプの使い方の実例を示し、授業とバイトをこなして帰宅したら、頼音《らいおん》さんから連絡が来た。

イントロ部分は歌詞ができてるので、ちょっと聴いてもらって、感想もらえませんか？

そのあとに、頼音さんが歌っている動画が送られてきていた。

伯父さんの家なのだろうか、和室の畳の上に椅子を置いて座る頼音さんが、ギターを構えて弾き語りを始めた。

「夢の中で〜何度も〜君の名を呼ぶよ〜〜」

ギターの手元をのぞくように目を伏せ、情感のこもった歌声を響かせる。

「もう二度と〜離さない〜離したくないんだ〜永遠に〜〜」

こういう歌を聴くといつも思うんだけど、この手のラブソングを自作して歌う男は、どこまで本心で歌っているんだろうか？

俺だって、もしアンケート的なもので「彼女を永遠に離したくない」という項目に「はい」「いいえ」「どちらでもない」の三択回答が用意されていたら「はい」に丸をつけると思うけど、自分からそれを他人に言おうとは思わないし、ましてやこんな朗々と歌い上げようなんてこと、恥ずかしくてとても考えられない。

聴きながら、ついそんなことを考えてしまうくらい、頼音さんの歌は……まあ、はっきり言ってしまえば、陳腐だった。

ただ、話しているときには特に感じなかったけど、いい声だなとは思った。歌唱力がずば抜けて高いわけではないけど、普通に上手《うま》いので、何度か再生ボタンを押して聴いても苦痛でないのは救いだった。

とりあえず一番いいと思ったのは声で、メロディや歌詞は、どこかで聴いたことがあるような、よくある感じのラブソングだった。俺は音楽に明るいわけではないから、それ以上の専門的な感想は持てないけど。

イントロだけなので、それもすぐに終わってしまった。

「………」

文章で返事しづらかったので、ビデオ通話することにした。

「お疲れさまです……」

「あ、龍斗《りゅうと》さん、どうも！」

褒めてもらえると思っているのか、画面の向こうの頼音さんの瞳はキラキラしていた。

俺より年上なのに、後輩みたいな低姿勢で挨拶してくれる。

だから、ちょっと正直な感想を言いづらい。

「まずお伝えしておきたいんですけど……俺は一度も作詞も作曲もしたことないし、音楽にも詳しくないので、頼音さんみたいな人のことは、本当にすごいなって思います……」

「いえ、そんなことないっす」

「……なので、ほんとにこれは、ただの、素人《しろうと》の感想なんですけど……」

言いづらい……と思いながら、俺は頭の中で言葉を選んで、続けた。

「なんか、ちょっと……よくありそう？　というか……悪くはないけど、無難な印象には、感じちゃいました……」

頼音さんは、それを聞いても、思っていたより落胆の様子を見せなかった。

「……そうですよね」

ちょっと目を伏せて、しおらしく言う。

「自分でもそう思ったから、ここから歌詞が浮かばなくなっちゃって……。だから、龍斗さんに、どうしたらいいか相談したいんです」

相談。

そういえば、そういう話だった。

あのときは頼音さんに感情移入してしまって、熱意だけで申し出て引き受けた役割だけど、作詞の相談なんて、一体どうやって乗ってあげたらいいのだろう。

そんな根本的な壁に早くもぶち当たって、俺は一人うろたえた。

「えーっ、と……」

……「どうしたらいい」……？

どうしよう。作詞なんてしたことないし、流行《はや》りの音楽を聴く方でもない。アイディアが何も浮かばない。

「……頼音さんは、どんな歌を作りたいんですか？」

苦し紛れに訊《き》くと、頼音さんは「そうですね」と口を開く。

「なんか、ボクのキティちゃんへの思いを詰め込んで……他の人には良さがわからなかったとしても、キティちゃんだけには、グッと来る歌にしたいですね」

「そ、そうですか……」

それを聞いたところで、何せこちらにポリシーもアイディアもないので、なんと言ってあげればいいかわからない。

「う、うーん、どうしたらいいんですかね……」

「どうしましょう」

「うーん……」

俺と頼音さんは、その後も二十分くらい通話を続けたが、結局、俺は彼に大したヒントも提案もあげることができず、その日は仕方なく話し合いを打ち切った。

◇

頼音さんの歌詞のことは、懸案事項として胸に引っかかりながら、それからしばらく経《た》った。

「加島くん、黒瀬《くろせ》さん、今夜ヒマ？　よかったら夕飯奢《おご》るよ」

校了明けのさわやかな空気が漂う編集部内で、藤並《ふじなみ》さんから誘われた。

藤並さんは、こうして校了後などの余裕があるとき、月一くらいで夕飯に誘ってくれる。

「ありがとうございます。行きます！」

黒瀬さんも予定はなかったようで、就業時間後、俺たちは三人で退勤した。

藤並さんが連れて行ってくれたのは、駅近くの商業施設に入っているカフェレストランだ。壁側がすべてガラス張りになっていて、テーブルやカウンターがナチュラルな色合いの木目調で揃《そろ》った、オシャレな内装の店だ。

黒瀬さんに気を遣っているのかもしれないけど、黒瀬さんと俺の行きつけは大衆居酒屋なんだよなと思って、なんとなくおかしくなった。

平日は毎日のように顔を合わせている三人なので、改まって話すこともなく、時事ネタや流行りの漫画のことなんかを話して、藤並さんがトイレに中座したときだった。

「……ねえ、加島くん」

黒瀬さんが、ちょっと小声で俺に言った。

俺たちはガラス張りの壁際《かべぎわ》の四人テーブルで、俺と黒瀬さんは向かい合って座っていた。

「ちょっとこれ、見てくれない？」

黒瀬さんが差し出してきたのは、自身のスマホだった。画面を点灯させ、俺の方へススと滑らせてくる。

「何？」

表示されていたのは、ＬＩＮＥのトーク画面だった。

久慈林晴空《はるく》
ハリー・ポッチャリと謎のプリン体《たい》

「……え？」

慌てて前後のトークを確認したが、直近のトークは、先日の黒瀬さんの「ごもっともですね…」だった。

このあとには、何もない。

もちろん、黒瀬さんも何も送っていない。

「……これ、なんだと思う？　二時間前に来てたんだけど……」

黒瀬さんは、眉間に深い皺《しわ》を刻んで俺を見つめた。

「……い、いや、なんでしょう……？　ＫＥＥＰメモ帳と間違ったのかな……？」

苦しいと思ったが、俺自身も、そう思いたかった。

だって、あまりにも怪文書すぎる。

「メモ帳と間違えたとしても、謎すぎない？　なんなの？　お笑いのネタ？　大喜利の答えでも書き溜《た》めてるの？」

「いや……読みたい本のタイトルを誤ってメモしちゃったのかな？」

「誤りすぎでしょ。なんか一貫性のある間違いだし」

「あはは……」

もう笑うしかない。

そのときだった。

「……!?」

俺たちが見ているトーク画面が、急にスクロールされた。黒瀬さんも俺も、触っていないのに。

それは、久慈林《くじばやし》くんが、リアルタイムで何か送ってきたのだ。

それは、スタンプだった。

「……ちいきゃわ……？」

ちいきゃわのスタンプが、何個も連投されてきた。ざっと数えて、七つほど。

焦《あせ》り顔や、不安顔でぷるぷるしているものが多い。

まるで「返事まだ？」とでもいうように。

「えっ、やだ！　怖いっ！　全部既読つけちゃった！」

黒瀬さんが悲鳴のような声を上げる。

「……どしたの？」

そのとき、藤並さんが帰ってきて、元通り俺の隣に座った。

「……藤並さん、これ意味わかります？」

俺は、黒瀬さんのスマホを取って、藤並さんに「ハリー・ポッチャリと謎のプリン体」

を見せた。

「えっ、何これ、ウケる」

藤並さんは、女子高生のようなセリフを言って笑った。

「『ハリー・ポッターと謎のプリンス』のパロディじゃん。『謎のプリン体』が確実に『ポッチャリ』の原因なのが、全然『謎』じゃなくてクスッとくるね」

しかも、すぐさま編集者視点で分析してきた。

「さすが敏腕編集者……」

「いやー、ハリポタは世代だからね。子どもの頃、好きで読んでたし」

「そうなんですか……」

バイトとはいえ編集部に勤務していながら、その方面の教養に欠ける自分が恥ずかしい。

「何これ？　誰が送ってきたLINE？　センスあるね」

「……わたしの知り合いの男性なんですけど……」

「あっ、そう。ほんとにただの知り合い～？　……って、こういうこと訊くのよくないね。やめとこう」

お酒が入っているのでいつもより陽気な藤並さんだが、昨今のコンプラ意識はちゃんと保たれているらしい。

ハリー・ポッチャリと謎のプリン体
19：1
19：12

「はぁ～……だけど、若い人はいいなぁ」

「藤並さんだって、まだ二十代じゃないですか」

「いやぁ、もう君たちみたいなキラッキラな若さは失ってしまったよ……社会に出るって、そういうことだからね」

苦笑いして言い、藤並さんはレモンサワーのグラスを呷《あお》った。

「恋愛にかけるエネルギーとかもね。今は仕事が第一だから、それ以外の時間にわざわざ他人と出会うために動くような気力も体力もないよ」

「……やっぱり、編集者って忙しいですか？」

そこで、黒瀬さんが前のめりに質問した。真剣に編集者を目指す彼女だから、ワークライフバランスが気になるのかもしれない。

「そうだね……特に俺は、今、個人的に動いてることが多いからね」

さらっと答えて、藤並さんは持っていたグラスをテーブルに置く。

「まぁでも、自分以外に守るべきものがないから、身軽すぎて、仕事に時間を使いすぎてるってのはあるかもなぁ」

平日午後九時過ぎの店内には、スーツ姿の男女も多い。スウェットみたいなトレーナーにジーンズ姿の藤並さんは、なんだかとても自由な大人に見えた。

「だけど、お金も時間も、自分の好きなように使える、二年ごとに好きな街に引っ越せる……俺みたいに縛られたくない人間には、独り身が合ってるのかもなぁって思うよ。家庭持ってる人見ると、なかなか自分の意思だけでは生きられないみたいだからね。働きすぎてるけど、仕事は好きだし、充実してるよ」

仕事……編集者の仕事。それで毎日充実していると感じられる藤並さんは、やはり優秀な編集者なのだろう。

そう思って、先日、頼音《らいおん》さんの相談に上手《うま》く乗れなかった己の歯痒《はがゆ》さを思い出した。

「……あの、藤並さん。編集者に必要なスキルって、なんなんでしょうか？」

俺がたずねると、藤並さんは「おっ」と眉を上げた。

「加島《かしま》くん、やっと本気で編集者になる決意ができたかい？　雇おうか？」

「えっ、ずるい！」

それを聞いて、黒瀬さんが眉を吊《つ》り上《あ》げる。飲んでいるから、いつもより感情表現が直接的だ。

「藤並さんにそんな権限があるなら、わたしこそ編集者にしてほしいわ！」

「あはは。急にモテ出した。やっぱ男は権力だなー！」

そうして藤並さんがまぜっかえして、結局、俺の問いに答えてもらえることはなかったのだった。

◇

翌日、俺は編集部バイトに向かう前に、大学で久慈林くんを呼び出した。

俺は三限までなので、四限が空きコマで図書館にいるという彼に、キャンパスの中庭へ来てもらった。

キャンパスの中庭は、敷地《しきち》の端に沿うように建てられた各校舎への導線になっている。授業のない学生たちが屯《たむろ》したり、ぶらぶら行き交う中、俺は久慈林くんの姿を見つけた。

中庭の中央にある太い木をぐるりと囲むように設置された石のベンチで、久慈林くんは座って本を読んでいた。

「……あのう、久慈林くん」

俺が話しかけると、久慈林くんは学問書らしき手元の本から顔を上げた。

普段はリア充学生たちの溜まり場になっているベンチだが、今は一人の学生が何人か間隔を空けて座っているだけで、周囲は静かだ。

「昨日バイト先の社員の人に誘われて、黒瀬さんと夕飯食べてて……そのとき、たまたま、久慈林くんから黒瀬《くろせ》さんに来たＬＩＮＥを一緒に見てしまったのですが……」

　久慈林くんの前に立ったまま、俺は言いづらい気持ちを押して言った。

「事件ですよ、あれは……」

「…………」

　久慈林くんは、少し険しい顔をしたが、黙っていた。手元の本が、パタリと閉じられる。

「まず訊《き》きたいんだけど、『ハリー・ポッチャリ』ってやつ、何？」

　俺の問いに、久慈林くんは目を伏せたまま口を開いた。

「……なかなか気の利《き》いた内容が思いつかずに考えること数日。ようやく閃《ひらめ》いた自信作であった」

「なんの!?　ハガキ職人じゃないんだから！　女の子へのＬＩＮＥで、そんな奇を衒《てら》わなくていいんだよ」

「……だがしかし、折角読んでもらえるのであれば、彼女を笑わせたかった」

「…………」

　久慈林くんのピュアな思いを聞いてしまうと、何も言えなくなってしまうんだけど。

　トーク画面を見せてきた黒瀬さんの引きつった顔も知っている俺は、胸が痛い。

「……あと、その後のスタンプ連投も、なかなかでした……」

それを言うと、久慈林くんはムッとしたように俺を見上げる。

「其《そ》れに関しては、小生は貴君の彼女の模倣をしたまでである」

「……ああ、月愛《るな》の……」

確かに、先日見せた月愛とのトークには、月愛がスタンプを連投してくる画面が度々出てきた。月愛はテンションが上がったときなどに、よくそういうスタンプの使い方をしていたからだ。

俺たちのLINEのやりとりを見せたのは、どちらかというと俺の、面白みもないが毒もない、無難な文面を見て「これでいいのか」と気づいてほしかったからなのだけど。自分で言ってて悲しいが。

「……いやね、月愛は女子だし、コミュ力高めの上級者だから、俺たちが下手に真似《まね》したら火傷《やけど》するよ」

久慈林くんからの大量のちいきゃわ連投は、月愛のおさウサ連投とは相手に与える印象が違いすぎる。

「黒瀬さん、昨日眠れたかな……」

改めて、黒瀬さんの気持ちになって同情する。俺が余計な入れ知恵をしたばかりに申し訳ない。

ただでさえ男性が怖いという彼女に、今まで感じたことのないタイプの恐怖を与えてしまったかもしれない。

「で、黒瀬さんから返事は……」

「あらぬ。既読のみである」

「ですよね……」

苦笑いして、俺は久慈林くんの隣に腰を下ろした。

「……フォローの文章送ろう。改めて。こういうのは早いうちがいいよ」

「…………」

「今度は俺と一緒に考えよう。黒瀬さんに送りたいこと、口頭で言うのは気まずいと思うから、まずは俺に送ってみて？」

「ええ……」

久慈林くんは、一瞬、すごく嫌そうな顔をした。

だが、思い直したように本を鞄《かばん》にしまって、代わりにズボンのポケットからスマホを取り出す。

「……して、如何様《いかよう》なことを綴《つづ》れば？」

「あ、聞いてくれるんだ」

「小生はどうやら手酷《てひど》くしくじったようであるので、此処《ここ》から入れる保険が存在するのであらば加入したい所存」

「おお」

久慈林《くじばやし》くんは、学問のことなど自身の詳しい分野についてはこだわりが強くて頑固だが、門外漢な事柄に関しては驚くほど素直な面がある。

そう、彼はとてもピュアな男なのだ。良《い》い意味でも、悪い意味でも。

今のところは、どうもその悪い方が一人歩きしてしまっているようだが、良さの方も、少しでも黒瀬さんに伝わればいいなと思う。

「そうだね。うーん……」

そんなことを思いながら、改めて目の前に展開された黒瀬さんとのトーク画面の惨状を見て。

「………」

本当にここから久慈林くんが入れる保険があるのか自身に問い直し、表情筋が強張《こわば》る俺だった。

第三・五章　ルナとニコルの長電話

「そーいえば、ニコルさぁ？」

「んー？」

「この前ちょっと聞いたけど、仁志名《にしな》くんとはどーなの？」

「別に、相変わらずー。前話したときのまんま」

「……え、リアルなこと聞いていい？」

「今さら何よ。うちらの仲で」

「まぁ、そーなんだけど！　もう高校生じゃないから、ちょっと気ぃ遣うじゃん!?　電話だし！」

「あはは。前みたいに毎日会って話せないもんねー。昔は毎日会った上に毎晩電話してたから、異常だったよね」

「マジでそれ！　なんであんな話すことあったんだろ？」

「あたしは今でも全然話せるけど、時間が足りないよね、社会人は」

「あーね！　あたしもそう！　ニコルとなら全然話せるー！　温泉とか行って、朝までダラダラ話したい！」

「いーね、それ。今度休み合わせてやろーよ！」

「うん！　……あ、でも、そんな旅行行くような連休取れるんだったら、先にリュートと行った方がいいかも……」

「あー」

「沖縄の埋め合わせってゆーか……」

「ぶっちゃけさ、別にヤるだけだったら、一泊ありゃできんじゃん。週末でもアリじゃない？　あ、でもルナは土曜も日曜も朝から仕事なのか」

「土曜は休めるときもあるんだけど。月一くらい」

「じゃあ、オッケーじゃね？」

「でも、土曜はリュートが夜遅くまで、一日塾のバイトなんだよね」

「あー……すれ違ってんねー」

「なんかいいタイミングがないんだよね……。この前も、おねーちゃんの彼氏に会いに行ったとき」

「あ、メッセで聞いたやつね。センパイのときといい、ルナって、ほんと行動力エグいわ」

「だって、おねーちゃんをあんなに泣かせる彼氏が許せなかったんだもん！」

「でも、よかったね。作詞、進んでんの？」

「ん、リュートに見てもらってるみたいだけど……どうなんだろ？　リュートも、なんてアドバイスしていいかわかんないらしくて、女性の意見も聞きたいとか言って動画見せてくれたけど……あたしも、しょーみよくわかんないんだよね……へへ」

「そうなの？　このポエマー・ニコル様が見てあげようか？」

「えっ？　あっ、でも、それいいかも！　それに、考えてみたら、海愛《まりあ》もリュートと同じ編集者のバイトしてるし、もういっそ、みんなでアドバイスしちゃうとか⁉」

「うわ、カオスになりそー、ウケる」

「でも、おもしろそう！　言ってみよー！」

「ちょ、おもしろがってんじゃん」

「違うよ！　あたしは、なんでもいーから花田《はなだ》さんに曲を完成させてもらって、おねーちゃんのところに行ってほしいだけ！」

「で？『おねーちゃんの彼氏に会いに行ったとき』に何？」

「え？　……あ、そうそう！　あたし、帰るときなんかリュートに遠回しにめっちゃ催促しちゃって、空気ヤバかった！」

「なんそれ、ウケる」

「でも、遠回しすぎて全然伝わってなかった！　ただただウザいだけの女だったー！　死ぬー！」

「もーさ、別にいいんじゃないの？　はっきり『したいから誘って』って、催促しちゃえば」

「やだー！　それもう、あたしが誘ったことになっちゃってんじゃんー！　リュートから言われたいのー！　この前言ったじゃんー！」

「はいはい、乙女心ね」

「わかるでしょ⁉」

「わかるよ。あたしもセンパイから誘われたら嬉《うれ》しかったもん。やっぱ、男から求められてしたいよね、女は」

「うん……。え、仁志名くんは？　あ、そだ、その話、最初に聞こうと思ってたんだ！」

「あはは、うちら話題ありすぎー！」

「で、仁志名くんとは……？　もしかして、まだしてないの？」

「してないよ。キスもまだ」

「えっ⁉　いまだに手繋《つな》ぐだけ⁉」

「そー」

「そうなんだぁ……。なんか……純愛？　だね？」

「まーね」

「ニコルは……もし仁志名くんに誘われても、今は絶対したくないの？　この前、そーゆー空気にならないようにしてるって言ってたけど」

「んー……いや、別にいいんだけどね。彼氏だし。その方が自然だなって思うし」

「じゃあ……」

「でもさ。……なんか、蓮《れん》はそれでいいのかな？　って……あたしもだけど……」

「……どゆこと？」

「あたしさ。センパイといるときは、抱かれたくて抱かれたくて……普通にデートしてるときから濡《ぬ》れてたもん」

「うわぁ、セキララ～！」

「でも、わかるでしょ？」

「わかるよぉ。……あたしで言うと、やっぱ高二の終わりの頃かなぁ？」

「ね？　やっぱさ、好きな人に対しては、そーゆー時期があるじゃん？　でも、蓮とはまだ、そんな感じじゃないんだよね」

「……それって、待ってればそのうち来るものなの？」

「わかんない。あたし、他にセンパイしか好きになったことないから」

「……でも、仁志名くんのことも好きなんだよね？」

「うん。……好きだよ。友達だった頃から、ずっと」

「待って、それってもしかして、彼氏としてじゃなくて、『友達として好き』……ってことではなくて？」

「……わっかんないんだよね」

「えっ⁉ そこから⁉」

「だってさ、最初は『友達としての好き』だったとしても、友達から恋人になることなんて、世間では普通によくあることじゃん？」

「うん、よく聞くよね」

「だから、このまま付き合ってれば、蓮のこと、センパイみたいに好きになれる日が来るのかなって、のんびり進もうと思ってるわけよ」

「そっかあ……。でも……」

「ん？」

「仁志名くん、かわいそうだよね。ニコルがそうなれるまで、いつまでかかるかわからないし」

「……まあね。悪いなって、会うたび思うよ」

「ニコル……」

「でもさ。今のあたしが、こんな気持ちで、とりあえず進んだら……なんか『やらせてあげてる』感じになっちゃうじゃん？」

「あー！　それはやめた方がいい！　後悔する！」

「経験談？」

「そう……心がすり減っちゃう感じ、あると思う。当時はそれが普通で、愛なんだって思ってたから……今思うと、だけど」

「男子にはないのかね？　男は好きでもない女ともヤれるっていうから、ないのかな？」

「不思議だよね」

「女って、ほんとめんどくさぁー！　自分でもやんなるわ」

「あたしもー。自分がこんなウザい女だと思わなかった」

「ルナたちは、これでもかってくらいチャンス逃しまくってるからなー」

「そー」

「それでカシマリュートが経験値ゼロのままだから」

「……そーなの」

「それで、そんな少女漫画的な振る舞いを期待したって、ムリでしょ」

「……はい。すごく、そう思います、イマ、ワタシ……」

「なんでカタコト？」

「……デモ、ワタシ、リュートカラサソワレタイ、トテモ」

「あはは、誰だよ」

「……別に、少女漫画みたいじゃなくていい。不器用でもいいから、リュートのほんとの気持ち、ぶつけてもらいたい。あたしに我慢しないでほしい。ダサくてもいいから、全部見せてほしい」

「ルナ……」

「あたしはそれを、受け入れる準備はできてるから」

第四章

十一月に入ってしばらく経《た》った、とある晩。

俺は自室で、ノートパソコンの上に展開された五分割のリモート画面を見ていた。

「すみません、皆さん。ボクのために……」

頼音《らいおん》さんが、画面の向こうの和室で恐縮している。

「全然だいじょーぶ！　あたしたち、みんな花田さんの応援団だから！　海愛も、ずっとおねーちゃんのこと心配してたし」

「初めまして、海愛です。姉がお世話になってます。できたら、この先もよろしくお願いします」

画面の向こうのきちんと片付いた部屋を背景に、月愛《るな》に紹介された黒瀬《くろせ》さんが頭を下げる。

「も、もちろんです……！」

頼音さんは、弱々しく遠慮がちに答えながらも、しっかり頭を下げた。

「海愛は、リュートと同じ編集部で働いてて、編集者を目指してるんです。力になれると思います！」

「ちょっと月愛、ハードル上げないでよ」

「いいじゃん！　で、こっちが、あたしの親友のニコルです」

月愛が画面の右下を指で示すが、俺の画面では配置が違って、山名さんは月愛の横にいる。

「どーもー！　自称ポエマーなんで、作詞に興味あってのぞきに来ました」

そんな野次馬全開なことを言って笑うが、山名さんにしてはよそいきの口調だ。

「皆さん、ありがとうございます……よろしくお願いします」

そうして、頼音さんが彼女の綺麗《きてぃ》さんのために作る歌の作詞会議が始まった。

この会議の開催は、月愛と山名さんの電話での会話が発端らしい。

俺が頼音さんの作詞について相談したところ、このメンバーに声をかけてくれたそうだ。

「イントロ以外、ほんとにできてないんですか？」

「そうですね……断片的にならできてる部分も……」

月愛の問いに、頼音さんが答える。

「でも、こんなんじゃ、キティちゃんに全然響かないかもって思って、イントロ含めて、全ボツにしようかと思ってるんです」

「えっ⁉　それ困る！　そんなことしてて、あと一ヶ月でできるんですか⁉」

月愛が焦《あせ》った声を上げる。

「作詞って一曲どれくらいかかるの、ニコル？」

「え？　知らねー……けど、プロとかなら、一日でもできるんじゃん？　分量的にはそんなないし」

「そうね。文章は漫画と違って作業工程はシンプルだから、小説の文庫一冊でも、筆が速い人なら一週間で書き上げるって、編集者の人が言ってた」

「えっ、ヤバ！　本一冊を一週間で書いちゃうの⁉」

「それは特に速い作家の場合だし、いつでもそのスピードで書けるわけでもないみたいだけど」

黒瀬さんは、そんな話をどこで聞いてくるんだろう。俺と違って、将来の仕事に活《い》かすために、藤並《ふじなみ》さんや他の編集者の人に普段からリサーチしているんだろうなと尊敬した。

「ってことは、スケジュール的には、全然よゆーってことなんだね……一ヶ月もあるんだから」

「そうだわ、先に〆切《しめきり》決めたら？　どんな原稿でも、〆切は必ず決めるって、編集者の人が言ってたわよ？」

「あ、そだね！　じゃあ……」

「一ヶ月後っしょ？　……ちょうどクリスマスじゃん！」

「えっ、もうそんな⁉」

月愛の声に、俺も驚いてスマホのカレンダーを見た。

正確には一ヶ月と数日でクリスマスだ。今年も、いつのまにかもうそんな時季になっていた。

「え、じゃあ、イブに彼女に会いに行って歌ったら？　それロマンチックじゃね⁉」

山名さんが興奮したように提案する。この人、意外と乙女なんだよな。

「うわ、それいーね！　そうしましょーよ、花田《はなだ》さん！」

月愛も声を弾ませる。

「えっ？　え……でもボク、キティちゃんの家勝手に出てるから、約束とかできな……」

「あたしがおねーちゃんを誘っときます！　『クリスマスだから一緒にご飯食べよー』とか！」

「月愛より、わたしが誘うのがいいと思うわ。『彼氏がいるのに、イブに気を遣わなくていいよ』とか、拗《す》ねそうだから」

　黒瀬さんが言った。

「確かに。じゃあ、それは海愛に任せて……どこで歌うことにする？」

「せっかくだから、イルミネーションのキレイなとこが良くね？」

「そだね……あ！　花田さんって、路上ミュージシャンですよね？　駅前とかって、よくイルミもあるし、なんかいいところないですか？」

「ああ、それなら……」

　頼音さんが、思い出したように言った。

「横須賀中央駅《よこすかちゅうおうえき》前に、広場があって……冬になると、大きな木がクリスマスツリーみたいにライトアップされるんです。そこなら、よく路上ライブも行われてるし……」

「あっ、じゃあ、そこにしましょう！」

　そうして、決行の日と場所がサクサクと決まった。

「あとは、歌詞を考えるだけですね……」

　当初の課題に立ち戻って、俺たちは一瞬沈黙した。

「あ、あの」

そこで、頼音さんが切り出した。

「女の人って……彼氏にどんなことを言ってもらえたら、嬉《うれ》しいんですかね……？」

「えーっと、そうですねぇ！」

その問いに一番嬉々《きき》としたのは月愛だった。

「『君を抱きしめたい』とか、『君が欲しい』とか、『君のすべてを奪いたい』とかですかね！」

「ちょ、月愛！　欲望ダダ漏れ！」

山名さんが、堪えきれないというように笑い出した。

「……はぁ……」

頼音さんは、月愛の勢いに押されたようなタジタジ顔をしながら、テーブルに置いた紙にメモをしている。

俺はというと。

「…………」

画面のどこを見ていいかわからなくて部屋の中をぐるぐる見回しながら、頭の中を整理していた。

なんだ、今のは……。

月愛が「彼氏に言われたいこと」……月愛の彼氏は俺……ということは、今のセリフは全部、月愛が俺に言ってもらいたいこと……⁉　そうなのか⁉

——君を抱きしめたい。

——君が欲しい。

——君のすべてを奪いたい……。

全部頭の中で言ってみて、想像ですら耐えられず撃沈した。

無理だ。

そもそも「君を抱きしめたい」ってなんだ。どんなシチュエーションで言うセリフだ。言うより先に抱きしめたらいいじゃないか。できる状況なら。できない状況なら、そもそも言ったってしょうがないし。

「あとー、やっぱ『可愛《かわい》い』とか『キレイ』って言われたいよねー」

続いて、山名さんが言い出した。

「ねぇ、『好き』も言われたくない？　ニコル？」

「あーね。毎日でも言われたいよね」

「『愛してる』は？」

「それは時々でいいわ。毎日言われたら逆にウソっぽい」

「わかるー！」

月愛と山名さんが盛り上がっている。

頼音さんはペンを走らせる。

「……じゃあ、逆に言われたくない言葉って、あります？」

「えー、なんだろ」

月愛が考え込む一方、山名さんはここでさらにヒートアップした。

「あたしある！『お前が一番』ってやつ！　二番誰なんだよって感じ！　バリムカつく！」

「もしかして、関家《せきや》さんに言われたやつ？」

「そう！　あたしが他の女にヤキモチ焼いてたらいつも言われた！　あー思い出したらまたムカついてきた！」

「あー……」

月愛が苦笑いする。

「じゃあさ、逆になんて言われたら嬉しかった？」

「『お前だけ』だったら許せた！　あたししかいないのね！　うんうん、よし！　って感じ」

「あーわかるなぁー、その感じ」

月愛《るな》がうんうんと頷《うなず》く。

俺はそんなこと言ったことないぞ……と、思って不安になっていると。

「あたし、リュートと付き合い出したときに言われた言葉で、すごく嬉しかったのがあって」

月愛が、嬉しそうに語り出した。

「『俺は女の子と付き合うの初めてだし、他に仲いい女友達もいないから、やらせてくれないからって、他の女の子に行くってことはない』って感じの言葉」

そういえば、そんなことを言ったような気がする……画面に映ったみんなの顔が俺に向いている気がして、なんだかとても恥ずかしい。

「『あたしはこの人にとって、もう今この瞬間、ムジョーケンで特別な存在なんだ』って思って……なんか、すごく嬉しかったなぁ……」

ポッと頬を染めて、月愛が本当に嬉しそうに言った。

「そんなふうに『特別』を感じさせてくれる言葉って、やっぱ大事だと思うんだよね……あっ、ごめんなさい！　こんな雑談、作詞に関係ないかな？」

「いいえ、勉強になります」

頼音《らいおん》さんは生真面目に言って、メモを取る。

それから、ペンを止めて、ふと顔を上げた。

「……でも、『お前が一番』って言っちゃう彼氏の気持ち、わかるんですよね。……男って、どうしても勝ち負けとか順位にこだわっちゃうから」

そっと微苦笑して、頼音さんは遠くを見つめる。

「自分が一番になりたいから……女の子に『あなたが一番』って言われたら嬉しいから……相手を喜ばせたいと思って、悪気なく言っちゃうんだろうな……」

独り言のような頼音さんの言葉は続いた。

「元カレには当たり前に勝ちたいし……彼女の知り合いとか、男友達とか、この世の全部の男に勝ちたいんですよね。彼女の『一番の男』になりたい」

それを聞いて、山名さんが「あー」と天を仰いだ。彼女の背景は合成でオシャレなカフェ風になっているけど、寄りかかった座椅子の背もたれが、ちょっとだけ見えた。

「なんか、ちょっと納得。そーゆーことだったのねって感じ」

そう言って、少し頬を膨らませる。

「それ言ってくれたら、あたしもあんなにムカつかなかったかなぁ。言えよって感じ」

「言わないですよ、そんなダサいこと。ボクも、こんな場じゃなきゃ、こんなこと解説しないし」

　頼音さんは苦笑した。

「でね、男は逆に、女の子から『あなただけ』って言われると、どんなに大好きな相手でも、重く感じちゃうんですよ」

「えーっ⁉」

「なんでなん⁉」

　月愛と山名さんが、同時に驚きの声を上げた。

「そうですね……仕事とか趣味とか、他にも大事なものはいろいろあるはずなのに、そういうの全部放り出して集中されてる感じが伝わってきちゃうと、なんかちょっと……息苦しくて……。そういう彼女とは、別れたときに、すごく自由を感じて嬉しくなるんですよね」

　そこで、ハッと気づいたような顔になる。

「あ、キティちゃんじゃないですよ！　昔の話です」

　そう言ってから、過去を振り返るように、そっと目を伏せた。

「でも、女の子も、自分が欲しい言葉を相手に伝えてるだけだったんですね……それは今、知りました」

そのとき、しばらくずっと沈黙していた黒瀬《くろせ》さんが口を開いた。

「……男はナンバーワン、女はオンリーワンになりたがるってことね」

それを聞いて、月愛と山名さんが色めき立つ。

「え、海愛すご！　編集者じゃなくて作詞家目指してる？」

「あーそれ、あたしが言いたかったやつだわー！」

「『世界に一つだけの花』みたいですね」

頼音さんが、そんなことを言った。

「あー、小学校のときに音楽の教科書に載ってた！」

「いい歌だよね」

「……同じ歌手の歌に、『らいおんハート』ってのがあるんですけど。ボクの名前の由来、それなんですよね」

ふと、頼音さんがそんなことを話し出した。

「お母さんが妊娠してたとき、流行《はや》ってた曲だって。ボクの性別が男だってわかったときに、『好きな人をらいおんハートみたいに守れる男になるように』って、決めてくれたみたいで」

「え、素敵！　ちょーいいエピソードですね」

「……今はそう思いますけど、昔は恥ずかしくて。だって、キラキラネームじゃないですか」

はしゃぐ月愛に、頼音さんは苦笑する。

「キティちゃんに初めて会ったとき、その話をしたんです。そしたら、お互いのキラキラネームあるあるエピソードで盛り上がっちゃって、一気に仲良くなったんです」

「確かに、おねーちゃんはなかなかのキラキラネームだもんね！　おかーさん反省して、うちらの名前はおとーさんにつけてもらったって」

「でも、漢字考えたのお母さんだから、キラキラのエッセンス出ちゃってるわよね」

「でも、あたしはこの名前好きー！」

「わたしも」

そんなほっこり姉妹トークを、ついニコニコしながら聞いてしまっていたが。

「あ、作詞の話に戻りましょう」

頼音さんの作詞をサポートするという自分の役割を思い出した。

「女性が言われたい言葉、は大体そんな感じでしたかね？」

「あ、海愛《まりあ》言ってないじゃん！」

そこで、月愛が気がついた。

「海愛は？　海愛は、彼氏から言われたら嬉《うれ》しい言葉、嫌な言葉ある？」

「彼氏いないからわからないわ」

黒瀬さんはバッサリ答えた。

「そ、そっか、じゃあ……好きな男の子から言われたら嬉しい言葉は？」

「『付き合ってください』に決まってるじゃない」

「……そだね……」

そこで、山名さんが口を開いた。

「これから彼氏になるかもしれない男から言われたら嬉しい言葉は？　なんかない？」

「……わたしに媚《こ》びてない言葉」

少し考えて、黒瀬さんはそう答えた。

「『可愛いね』とか『好き』とか、好きじゃない男の人に言われても、ありきたりすぎて、わたしがその人を好きになる理由にならないでしょ？」

黒瀬さんの言葉に、他の女性二人は、ちょっとピンと来ない顔をしている。

「だったら、その人の人柄や本心が滲《にじ》み出《で》るような言葉をもらえた方が嬉しいわ。その人のことが知れるもの」

でも、俺は知っている。サトウナオキから「可愛い」と言われて嬉しそうだった彼女の様子を。

思えば、それはあのときすでに、彼女がサトウさんに好意を持っていたからだったのだろう。

黒瀬さんはたぶん、月愛と違って、自分が「好き」と強く感じた相手としか、付き合えないのだろう。

だから、男性にはまず特別な魅力を見せてもらって、惚《ほ》れさせてほしいのだろう。

サトウナオキには、その魅力があった。だからこそ、彼の「可愛《かわい》い」は黒瀬さんに響いた。

それは、昔から浴びるように『好き』と言われ、挨拶のように『可愛い』と言われ続けてきた黒瀬さんだから育った恋愛観のような気がした。

そういうしっかりした自我を持つ黒瀬さんだから、俺は彼女が久慈林《くじばやし》くんに惚れなくてもいいと思ってるけど、友達にはなってほしいなと思っている。

俺と友達でいてくれる二人には、たぶん俺と似たところがあって、その共通点が、きっと互いにどこかで通じ合うと思っているから。

そんなことを考えてから、再び会議の頭に戻った。

「大体そんなところですかね？　頼音さん、参考になりましたか？」

「……はい。頑張ります」

頼音さんは、意気込む表情で頷いた。

「皆さん、お忙しいところ、本当にありがとうございました」

やっぱり、素直で礼儀正しいところが彼の魅力だなと思う。彼女にも、こうして普段からお礼や感謝の言葉を口にしていたのだろうなと思う。そんな彼でも、肝心なことは言えずに逃げてしまったようだけど。

頼音さんを見ていて、さっきの月愛の発言を聞いたら……俺は少し、自分の振る舞いを反省した。

「月愛」

リモートが終了する空気の中で、俺は月愛に話しかけた。

「このあとちょっと、二人で話せる？」

「えっ？」

月愛はきょとんとする。

「う、うん、いいけど……」

「じゃあ、わたしたちが先に抜けましょうか？」

「あ、そーね。そーしよ。じゃあねー」

気を遣ったらしい黒瀬さんと山名さんが、順次、退室する。

「本当にありがとうございました」

もう一度お礼を言って、頼音さんも退室した。

そうして、画面に映っているのは、俺と月愛《るな》だけになった。

「……どしたの、リュート？」

二人になって、月愛はなぜかそわそわしていた。

「うん、えっと……」

俺にもそれが伝播《でんぱ》して、余計にそわそわする。

「付き合って、もう四年半だね……」

「あ、そだね。ちょうどクリスマスのあたりで」

「うん……」

月愛がさっき言っていたことを思い出して、俺は勇気を出して言った。

「……えっと、月愛は、俺にとって初めての彼女で……最初から特別な存在だったけど
……」

画面越しでも目が見られない。俺はいまだにそんな男だ。

「……今でも、ずっと特別だよ」

言えた。

「リュート……」

月愛が口元を綻ばせる。その目が潤んだように見えるけど、画質が悪くて確証はない。

「リュートは、あたしにとっての一番だよ」

部屋着のモコモコパーカーの胸に手を当てて、月愛が心を込めた口調で言う。

「一番かっこいいし、一番素敵で、一番大好きな男の人……ってこと！」

「月愛……」

月愛を喜ばせようと思ったのに、逆に俺が嬉しくさせてもらってしまった。

もっと何か言ってあげたいけど……と考えて思い出したのは、さっきの月愛の言葉だった。

――君を抱きしめたい。

――君が欲しい。

――君のすべてを奪いたい……。

「…………」

こ、これを言うのは……！　ハードルが高すぎるだろ……！

でも……。

――ドラマだったら、『恋人がこういうふうに言ってくれたらいいのに』ってセリフを、男の子に好きなだけ言わせられるけど……現実の人間は、そんな自分の思い通りにはならないもんね。

あの日、もやもやした月愛の言葉を思い出した。

あれからずっと、もやもやは心の片隅にある。

月愛が俺に言ってほしい言葉があるんだとしたら……それはきっと、そういう言葉なのではないかと、さっき思った。あれは月愛からのヒントなのだろうと。

だとしたら、俺は、それを……月愛に言ってあげたい。

「俺は、月愛のこと……いつも……抱きしめたいって……思ってる」

これが限界だった。

息切れするほどの動悸《どうき》を感じながら、なんとかそれだけ、言うことができた。

「リュート……」

月愛は、感極まった声でつぶやいて。

「もぉ～、なんで今リモートなんだろ……」

焦《じ》れったそうな声を上げげた。

「ぎゅってしたいよぉ～……リュートぉ……」

画面に月愛の顔が近づく。

「そんで、朝まで一緒にいたい……」

吐息のような声に、思わず画面越しにドキドキしてしまう。

「月愛……」

「今度会ったとき、また言ってくれる？」

うん……と答えかけて、ハッとする。

今は物理的距離があるから、セリフだけになるけど。

目の前で、月愛に「抱きしめたい」と言ったら、その先にあるのは……というか、先にあるのがそういう展開でないのなら、こんなこと言いたくない。

でも。

──あたしたちって……ここまで来ちゃったら、もしかして……先に結婚するってのもアリなのかな？

あんなこと言ってきた月愛に、そんなことを言っていいのかわからない。俺は元カレたちと違って、月愛の意思を尊重すると決めた男だから。

結局、最近の懸案事項に立ち戻ってしまうのだった。

「……ん……」

そんなことをぐるぐる考えていたら、曖昧な返事をすることしかできなかった。

そんな俺に対してどう思ったのか、月愛は甘えるような笑みを浮かべる。

「まだ切りたくないなぁ……ねぇ、寝落ち通話してみない？」

「ね……寝落ち通話……？」

なんだそれは……!?

「電話繋《つな》ぎっぱで寝るの」

「ね、寝られるの……？」

歯ぎしりしたら、いびきをかいてしまったら……という不安を感じて、俺は今宵《こよい》の己の不眠を案じた。

「わかんない。ニコルと電話してて寝ちゃうことならあるけど、起きてる方が切ってるから」

まあ、「寝落ち通話しよう」という合意がなければ、そうなるよな。

「そ、その『寝落ち通話』って、カップルの文化なの……？」

「最近よく見かけるよー、SNSとか。『彼氏と寝落ち通話したー幸せ♡』みたいなやつ」

「そうなんだ……」

俺と月愛のタイムラインは、どうやらだいぶ趣向が違うらしい。知ってたけど。月愛の方には、きっとKENキッズの内輪揉《うちわも》め暴露投稿なんてものは流れてこないのだろう。

「ね、やってみよー♡」

「う、うん、わかった……」

というわけで、なぜかリモート会議から寝落ち通話をする流れになってしまった。

画面があると寝づらいということで、LINEでの音声通話に切り替えた。

「リュート、ちゃんとベッドに寝てる？」

「えっ⁉　寝るの？」

「ゴロゴロしながら通話しなきゃ、寝落ちできないじゃん？」

「確かに……」

月愛に言われて、俺もベッドに入った。

「リュート？　もうベッド？」

ベッドの中で、耳元から月愛の声がする……なんだかとても、ドキドキする。

「うん……」

動揺しながら答えたら、月愛がふふっと笑った。

「ベッドだからかな……？　なんかちょっと……エッチな気分になっちゃうね……？」

「えっ⁉」

「ならない？　あたしだけー？」

からかうような、拗《す》ねるような月愛の声に、俺は完全降伏するしかない。

「……なります……」

「わーい、やった！　リュートもエッチだぁ」

月愛は嬉《うれ》しそうに笑った。

「エッチなリュートくんは、あたしと何がしたい？」

電話の向こうで、月愛が声を弾ませる。

「あたしはね……」

足をもぞもぞさせるような衣擦《きぬず》れの音がする。

「リュートとチュッチュしたいよ～！」

「……!?」

る、月愛!?　なんだそのテンションは……酔っているのか!?　いや、さっきのリモート中は確実に素面《しらふ》だったし、これは……寝る前のベッドという超絶リラックス空間が生み出す、ナチュラル・エロス……！

「リュートぉ～……チュッ」

「!?」

耳元で、月愛のリップ音がした。

スマホにキスしてる……と心臓がドッキドッキする。

「……リュートも、して？」

「えっ⁉」

そんな恥ずかしいことを……と思いつつ、言われた通り、スマホに唇をつけた。

「……し、したよ」

「え、音がないとわかんない！　音出るようにしてよぉ」

「む、ムリだよ、ごめん」

「えーっ⁉」

月愛に不満げな声を上げさせてしまった。申し訳ない。

「あ～……リュートが今横にいればいいのになぁ……」

ふと、月愛がそんなことを言った。

「今ね、チーちゃんぎゅってしてる。リュートだと思って♡」

「えっ⁉」

「リュートぉ……ぎゅううぅ！」

ギュッと衣擦れの音がする。

本当に月愛《るな》が抱きついてきたみたいだ。

「……リュートも、何か抱きしめて？」

「え!?　う、うん……」

とはいえ、ぬいぐるみとか抱き枕みたいなちょうどいいものは辺りにないので、仕方なく掛《か》け布団《ぶとん》を抱きしめた。

「ぎゅうってしてる？」

「う、うん……」

「あたしの名前呼んで？」

月愛の甘えた声が、耳にくすぐったい。

「……る、月愛……」

「リュートぉ……」

はぁっと悩ましい吐息をこぼしながら、月愛がおそらくチーちゃんを抱きしめている。

「……安心するぅ……なんかリュートに抱きしめられてるみたい……」

そんなことを言われると掛け布団が月愛みたいに感じられてきて、身体《からだ》が熱くなる。

「ねぇ、好きって言って？」

月愛がさらに甘えた声でおねだりした。

「……す、好き、だよ」

「あ、それ『ススキです』の再現？」

おそらく、高二のときの告白の言葉を言っているのだろう。そんなつもりがなかった俺は恥ずかしい。

「もっと囁《ささや》くみたいに、言って？」

でも、月愛の甘いおねだりには抗《あらが》えない。

「……好き……だ、よ……」

「ん～……」

月愛は、俺の告白を噛《か》み締《し》めるかのように唸《うな》る。

「……あたしも、好きだよ……」

耳をくすぐるような囁き声に、全身がゾクゾクした。

この通話、ヤバすぎる。

寝落ち通話にハマるカップルの気持ちを理解した。

「あー……。なんか癒《いや》されすぎて、眠くなってきちゃった……」

月愛の声が、段々ゆっくりになってくる。

「リュートぉ……」

ぎゅううっと、衣擦れの音がする。

「しゅきぃ……♡」

耳の産毛《うぶげ》を撫《な》でられているような、くすぐったくなる甘い声。

やがて、スー……スー……と、規則正しい、深い呼吸音が聞こえてくる。

「……月愛？」

返事はない。返ってくるのは寝息だけだ。

そのまま繋いでいると、衣擦れの音と共に「んー……」という艶かしい声が聞こえてきた。

無防備すぎる。

自分の部屋のベッドという百パーセントプライベートなテリトリーだからこそのくつろぎ感が、リアルタイムで配信されてくる。

この状況があまりにもエッチすぎて、聴いているだけでたまらない気持ちになる。

「眠れん……」

ギンギンに血走った目で、俺は天井をにらんで、スマホに耳をそばだて続けた。

◇

「黒瀬《くろせ》さん、一昨日はありがとう」

次の編集部バイトで顔を合わせた黒瀬さんに、俺はリモート会議のお礼を言った。

「こちらこそよ。できることがあったらなんでも言ってね」

逆に、恐縮されてしまった。

「で、どうなの？　歌詞、完成しそう？」

「うーん……」

一昨日はやる気に満ちていた頼音《らいおん》さんだけど、あれから進捗報告はない。

「どうなんだろう……」

俺は正直、自分に苛立《いらだ》っていた。

引き受けたものの、どうサポートしていいかいまいちわからず、手をこまねいている感が否《いな》めない。そのうちに時間はどんどん少なくなってきて、焦《あせ》る気持ちばかりが募っていた。

「そうだ、加島《かしま》くん」

そんな俺に、黒瀬さんが言った。

「今夜、久しぶりに飲まない？」

「え？」

「十二月に入ると、居酒屋混むじゃない。バイトお疲れさまの、プチ忘年会ってことで」

言われてみたら、数日後からもう師走《しわす》だ。

「ああ、うん、いいよ」

「じゃあ、終業後に」

微笑《ほほえ》んで、黒瀬さんは去っていった。

何かいいことあったのかな、と思った。

◇

「カンパーイ！」

その日のバイト終わり、俺たちはいつもの大衆居酒屋でグラスを合わせた。

週末でもないのに、店内はジャケットを脱いでネクタイを緩めたサラリーマンたちで賑《にぎ》わっている。もう忘年会シーズンは始まっているのかもしれない。

「バイト、お疲れさま」

一杯目のビールを美味《おい》しそうに傾けてから、黒瀬さんがふと改まったように言った。

「もう半年経《た》つ？　加島くんが入ってくれて助かったし、わたしもすごくやりやすい。ありがとうね」

「いや、こちらこそ……」

照れ臭くてちゃんと言葉にできないが、ハイボールを飲みながら目の前の黒瀬さんに頭を下げた。

編集部バイトのおかげで、視野が広がったことを実感していた。黒瀬さんと再び交流が持てるようになったことも嬉しいし、カモノハシ先生のような、すごい人ともお近づきになることができた。

「あのとき、誘ってもらってよかったよ」

そんな俺を見て、黒瀬さんが目を細める。

「……考えてみたら、わたしがこうやって自分から気楽に誘える男の子って、加島くんだけなのよね」

「……久慈林《くじばやし》くんとはどう？　あれからＬＩＮＥしてる？」

そう尋ねてみると、黒瀬さんは思い出したように頷《うなず》く。

「ああ……うん」

そして、下の荷物入れに置いていた鞄《かばん》からスマホを取り出した。

「見てこれ」

黒瀬さんが見せてくれたトーク画面には、最初にものすごい数の「メッセージの送信を取り消しました」があって、「ハリー・ポッチャリ」からスタンプ連投までの投稿が綺麗《きれい》に削除されていた。

そのあとに、次のようなやりとりがあった。

久慈林晴空《はるく》
すみません
家族以外の女の人とＬＩＮＥするのが生まれて初めてで、どうしていいかわからず、お見苦しいところをお見せしました
一旦リセットします
今までの無礼をお許しください

海愛
全然いいんですけど、わざわざありがとうございます

久慈林晴空
今日はどんな一日でしたか?
僕は普通でした
コンビニで買ったフレンチトーストが美味しかったです

海愛
わたしも普通でした
キャンパスの紅葉がきれいで和みます

久慈林晴空
こちらのキャンパスも紅葉シーズンです
でもイチョウが多いので、銀杏《ぎんなん》の匂いには毎年閉口します

海愛
銀杏、わたし好きです
茶碗蒸《ちゃわんむ》しに入ってるのしか食べたことないけど

久慈林晴空
僕も食べるのは好きです
子どもの頃から家族で行く料亭では、塩煎りにして出してくれます
それが美味しい

海愛
料亭なんて行ったことない
育ちがいいんですね

久慈林晴空
料理が出てくるのに時間がかかるので、子どもには退屈でした
ゆっくり話したいときにはいいかもしれませんね

海愛
いいなあ　行ってみたい

久慈林晴空
大人になれば機会はありますよ
普段はどういうお店で食事を？

海愛
女の子と行くから、カフェとかスイーツのお店が多いかも

久慈林晴空
何を食べるんですか？

海愛
甘いものはなんでも好きですけど

今はフレンチトーストの気分です

久慈林晴空
奇遇ですね
僕も今日食べました

海愛
その話を読んだから、食べたくなったんですよ

トークはそこで、久慈林くんが「びっくりするちいきゃわ」のスタンプを送って終わっていた。

「……ははぁ……」

このやりとりには、どれも見覚えがありまくる。

久慈林くん側の発言は、すべて俺プロデュースだ。

黒瀬さんの返信のスクショと共に俺に送られてきた久慈林くんの想定返信の文章を、俺が添削して、久慈林くんが受け入れてくれたらそのまま送られるが、異議が出ると添削を変更しなければならない。そういう大変面倒な過程を経て、形になったやりとりだ。

——料亭行きたいって！　誘うチャンスじゃん！

——若い男女が行くような場所じゃない

——フレンチトースト食べたいって！　今度こそ誘うチャンスだよ！

——コンビニのしか食べないから店を知らない

——俺が調べるから！　月愛《るな》に聞いてもいいし！

——身の丈に合わないことはしたくない

——なんでだよ！

——断られたらいやだ

——断られるわけないよ、この流れで！

——女心はわからない

「あはは……」

テキストでの歯痒《はがゆ》いやりとりを思い出して、思わず苦笑が漏れた。

二回も誘うチャンスがあったのに、会う約束を取りつけることができなかったけど、このまどろっこしいゆったり感が、久慈林くんのペースなのかもしれない。

「……いい感じじゃん」

俺が言うと、黒瀬《くろせ》さんは不思議そうに首を捻《ひね》る。

「なんか、人が変わったみたいよね。加島《かしま》くん、添削したりしてない？」

「えっ⁉　し、してないよ！」

図星に焦《あせ》って大声を出してしまったが、黒瀬さんは「そうよね」と笑った。

「男の子って、そういうことしないイメージ。女の子はするけど」

「……添削しあうの？」

「っていうより、男の子から送られてきた文面をスクショして『この人ヤバくない？』って見せたり？」

「えっ……」

何それこわ……と思って顔が引きつると、黒瀬さんは微笑《ほほえ》む。

「わたしはしないけど。女友達が、マッチングアプリで知り合った男の人とのやりとりをグルチャで回したりしてるから」

「そうなんだ……」

久慈林くんのトークが晒《さら》されてないならとりあえずよかったけど、やっぱり女の子って怖い。久慈林くんが恐れるのも無理はないかもしれないと思った。

「……最初はちょっと舞い上がっちゃってただけで、悪い人じゃないんだよ。わかってもらえたかな？」

「そうね」

黒瀬さんは微笑んだ。それを見て、俺は一安心する。

「よかったら、またときどきＬＩＮＥ付き合ってもらえる？」

「もし来たらね。もう来ないかもしれないわよ」

「そんなことないと思うけど……」

俺が送るよう言うし……と思っていると、黒瀬さんは微笑んだ。

「わたし、特に用事もないのに連絡を取るような男の子、全然いないし、そもそも彼氏じゃない人と連絡を取り合う意味もわからなかったんだけど」

そう言って、黒瀬さんはそっと微笑んだ。

「こういうやりとりだったら、少し楽しいわね」

◇

そうして、十二月に入った。

ある日、イッチーとニッシーと三人でやっているグループLINEに、イッチーから「話がある」と連絡が来た。おそらく谷北さんの妊娠のことについてだろう。

あの沖縄での電話以来、イッチーからの連絡はなかったが、月愛経由で、谷北さんの妊娠が確定したことは聞いていた。ニッシーも、おそらく山名さんから聞いているであろう。

少し重苦しい空気を感じながら、俺たちは、ちゃもたろさん事件のときぶりに、三人で会うことになった。


日曜日、O駅で昼に集まった俺たちは、高校の頃たまに行っていた、十五分くらい歩いてたどり着く中華ファミレスへ向かった。

痩せてから昔ほど食べなくなったイッチーだが、今日の彼はチャーハンとラーメンを大盛りで注文し、驚くほどの勢いで平らげた。

そうして食後にドリンクバーを取ってきたあと、テーブル席で向かい合った俺とニッシーに、イッチーが深刻な顔で口を開いた。

「……アカリと結婚することになった」

俺とニッシーは、隣同士で目を合わせた。

「えーと……おめでとう？」

「でいいのかな？」

ニッシーの言葉に、俺も被《かぶ》せる。

普通だったらおめでたいことだけど、その報告をしたイッチーの顔には、死相が漂っていたからだ。

今日のイッチーは、会った瞬間からげっそりしているのがわかった。だから、こんなおめでたい発表が聞けたことを意外に思うくらいだった。

「……ありがとう……」

イッチーは消え入りそうな声で言った。

「……け、結婚式とか……は？」

「しない……それどころじゃない……。アカリがつわり始まってて……」

「そ、そうか」

我ながらのん気な問いだとは思ったが、何を訊《き》いていいかわからなかったのだ。

「お金はどうすんだよ？　卒業まであと一年以上あるだろ？」

ニッシーがシビアなことを訊いた。

「そのことなんだけど……」

イッチーは、唇を噛《か》んで言った。

「……俺、大学辞めた」

「「えっ⁉」」

俺とニッシーの声が揃《そろ》った。

「親父《おやじ》にめちゃくちゃ怒られて……母親のおかげで勘当だけはなんとか勘弁してもらったけど、『そんな不埒《ふらち》なやつに勉強する資格はない。妻子を養うために今すぐ働け』って……」

俺たちは言葉が出ない。

「今、大学のＯＢの人の建築現場で働いてる」

「……建築現場で、なんの仕事を……？」

建築現場で働くイッチーのイメージができなくて、俺はおずおずと尋ねた。

「普通の建設作業員だよ。いわゆるガテン系ってやつ」

「…………」

なんと、あの陰キャでコントローラーより重いものを持ったことがなかったようなイッチーが、ガテン系……。

驚くのと同時に、先ほどの食欲にも納得した。

「毎日怒鳴られっぱなし、動きっぱなしでクッタクタだよ。家帰ればアカリがつわりで死んでるし」

「……あ、もう一緒に住んでるんだ……？」

「っていうか、俺が家を追い出されて」

「「えっ!?」」

「今、アカリの実家でご家族と住んでる」

「「ええっ!?」」

衝撃の展開の連続に、俺とニッシーのリアクションが追いつかない。

「そ、それは気を遣うね……？」

俺の言葉に、イッチーは頷《うなず》く。

「泥だらけの服まで、お義母《かあ》さんに洗ってもらってて、申し訳ないんだけど」

「はぁ……」

「そんなんで、アカリの両親がうちの親に怒ってて、両家の仲がヤバい」

「……なるほど……」

「そもそも、うちの親父は、堕《お》ろす金は出すからって言って、何事もなかったかのように俺に大学卒業してほしいみたいだったんだけど、アカリが産むって言うから、だったら谷北家で勝手にしろみたいな感じで。息子の人生めちゃくちゃにしやがってみたいな」

「…………」

なんかもう、俺とは異次元の世界の話で、かける言葉も見つからない。

ニッシーも同様のようで、俺たちはただ黙ってイッチーの話を聞くしかなかった。

「とにかく、家でも外でも気が休まらないんだよ……毎日地獄だ……」

「…………」

イッチーの今の毎日は、想像を絶する壮絶さのようだ。

「二人とも、避妊失敗にだけは気をつけてくれ……俺からは以上だ……」

イッチーの絞り出すような言葉を聞いて、ニッシーが自嘲のように笑った。

「失敗も何も、まだその段階じゃねぇからな、俺なんか」

「えっ？」

「ニッシー、まさかまだ山名さんとは……？」

俺とイッチーが見守る中、ニッシーはこくりと頷いた。

そうなのか……。人のことは全然言えないけど、二人が付き合い始めたのは春で、もう冬だもんな。

「……カッシー。笑琉《にこる》って、元カレとどこまで行ってたか知ってる？」

「えっ？」

「笑琉って、前の彼氏が初めての男だっただろ？　なんか中途半端《ちゅうとはんぱ》な感じで付き合ってたから、ちゃんと最後まで行ってたのかなって……。カッシー、元カレと友達なら、なんか聞いてなかった？」

「えーっと……」

ニッシーに訊かれて、俺は過去の記憶を振り返る。

「そう言われてみれば、はっきりとは知らないかも……」

修学旅行のときに最後までできなかったというのは女子部屋で聞いてしまったことだが、その後どうなったかの話は知らない。

最初は関家《せきや》さんが合格するまでは……みたいな話だったけど、浪人が長引きすぎたので、結局どうなったのか。

晴れて合格してから、すぐに二人は別れてしまったし。

関家さんと二人で話していても、さすがにそこまでプライベートなことは、相手が話さない限りは聞かない。

「……いや、でも、関家さんのことだから、俺みたいに何年もは我慢してないと思うよ」

そう言って作る笑顔が、我ながら悲しい。

「「……え？」」

そこで、ニッシーとイッチーの声が揃った。

「カッシーって、そんな長いこと我慢してたの？」

「初めて白河《しらかわ》さんとしたの、いつ？」

あれ？　と思って、気がついた。

そういえば、この二人には、まだ話していなかった。

「……いや、実はまだ……」

隠すことでもないかと思って言ったのだが、イッチーとニッシーは、俺の告白に、驚異の表情になって。

「「……ま、まだぁああああああああ⁉」」

二人の絶叫のような声が店内に響いた。

周りのお客さんがこちらに目を向け、通路を動く配膳ロボットまで、驚いて一瞬止まったように見えた。

「え、ちょ、ちょっとやめてよ、そんな大声」

「ど、どうした、カッシー？　もう高二の頃から、一、二、三……四年だぞ⁉」

「信じてる宗教で婚前交渉を禁じられているのか⁉」

うろたえる俺に、二人はそれどころではないという顔で詰め寄る。

「いや、あの……そういうことするタイミングは何度かあったんだけど……それを全部逃しまくったというか……」

言っているうちに、最近の悶々を思い出して、やるせない気持ちになってしまう。

だが、二人は追撃の手を緩めない。

「相手はあの白河さんだろ⁉　四年も付き合っててしないなんてことあるか⁉」

「何もったいぶってんだよ⁉　白河さんはもうすでにいろんな男と経験あるのわかってんだから、さっさと行けばよかっただろ⁉」

いや、おっしゃることはわかりますけど……と俺は首をすくめる。

「……はい、俺はヘタレです……」

「ほんとだよ！　今すぐ会いに行ってやっちまえ！」

「何考えてんだよマジで！　それでもついてんのか⁉」

「卒業だ！　今日が卒業式の日にしてやれ！」

「ヘタレならヘタレなりに、『させてください』って土下座してお願いしろ!」

「……お、俺の話はいいから、もう!」

これ以上言うと悲しくなってしまうので、半ば無理矢理な感じで話題を終了させた。

「今の話題はニッシーだろ⁉ ……だから普通に考えて、山名さんと関家さんには、そういう関係があったと思いますけど?」

強引に話を元に戻すと、イッチーはまだ俺の話をしたそうだったが、ニッシーはしゅんとした顔つきになった。

「……まあ、そうだよなぁ」

俯《うつむ》いて、深呼吸するようにため息をつく。

「はぁ……。やっぱ俺だからかなぁ……。俺にはそういう気にならないってことなんかなぁ……」

「そういえば、イッチーは、どうやって谷北さんとそういう関係に?」

ニッシーがヘコんでしまったし、また話が自分に戻ってくるとイヤなので、俺はイッチーに振った。

イッチーにならこういうことを訊いてもいいかなと思った。もうすぐパパになるくらいのリア充であることは間違いないんだから。

る。

「えっ？」

一旦は戸惑ったイッチーだが、当時のことを思い出したのか、しまりのない顔つきにな
「付き合ったその日に、ラブホで……」

抑えきれないニヤニヤと共に、イッチーは告白した。

「いやもう、アカリの勢いがすごくて……」

「「え——！」」

ってことは。

ちゃもたろさん事件の日の、あの路上キスのあとで、二人はもう結ばれていたのか……。

「なんだそれ！　信じられない！　美人局《つつもたせ》であってほしい！　死ねばいいのに！」

ニッシーが猛エキサイトしている。

「でもほら、その結果がこれだぞ……」

そう言って、イッチーは我に返ったようにげんなりした表情になる。

「お前らは恵まれてるんだよ……」

心底そう思っているように、イッチーは感情のこもった声を吐き出す。

「俺なんかもう人生の墓場だ……地獄の一丁目だ……」

そう言って顔を覆ってしまったイッチーに、再び俺たちが言葉を失っていると。

「……ん？」

イッチーが自分のズボンのポケットからスマホを取り出して、しばらく画面を注視する。

そして、顔を上げて俺たちに言った。

「……二人とも、ごめん。俺もう帰るわ」

「どうしたの？」

「アカリが体調悪いみたいで。休みだけど病院に電話したら『心配だったらとりあえず診るから来て』って言われたらしくて、これから送ってかなきゃいけなくなった」

「えっ、マジか……」

「それは大変だね……お大事に」

「ありがとうな。……じゃあ」

イッチーは、理系らしく自分の会計を暗算で計算してお金を置いていって、残された俺とニッシーはしばらく茫然《ぼうぜん》とした。

「……俺たちも出るか」

「そうだね」

なんだか、ちゃもたろさん事件のときを思い出した。

あのときは、まさかイッチーがこんな状況になるとは夢にも思ってなかったけど。

昼下がりの駅までの道を、俺たちはぶらぶら歩いた。左手に、線路と車道を隔てるコンクリートの壁が続くのを見ながら、広めの歩道を、ニッシーと二人、言葉少なに歩いた。歩道が広いから自転車が時々すぐ横を通って、危ないし邪魔だなあと思った。

ふと、ニッシーが口を開いた。

「……俺、笑琉に言おうと思ってるんだ」

「え？」

「もうすぐクリスマスだろ？　イブに会ったら、『今夜は一緒にいたい』って誘ってみる」

ニッシーは俺の方を見ずに、ズボンのポケットに両手を突っ込んで歩きながら言った。

「俺たち、ほんとに笑っちゃうくらい、そういう空気じゃなくてさ……友達だった頃となんも変わんないんだ。でも、特別な日なんだから、言うだけ言ったっていいだろ？　俺は笑琉の彼氏なんだから」

ニッシーの言っていることはわかるので、頷《うなず》いた。

「うん。そうだね」

「わかるんだよ。笑琉はたぶん、俺にそれを言ってほしくない。俺たちを友達の空気のままにしてるのは、笑琉の方だから」

そう言って、ニッシーは唇を噛《か》み締《し》める。

「……でも、俺はもう……こんな状態は苦しいんだ。だから、それでもし、笑琉が俺を拒絶するなら……俺はもう、友達でも知り合いでもない……赤の他人に戻ったっていい」

その横顔の瞳には、決然とした光が宿っていた。

「……決めたんだね」

「決めたよ。だって、俺たち付き合ってるんだから」

その言葉に、なぜか俺はハッとした。

「いつまでも俺だけが我慢してるのは、おかしいだろ？」

確かにそうだ。

たとえ、結婚するまでしたくないというのが月愛《るな》の希望であったとしても、俺はそうではないということを伝えることは間違いではないはずだ。

――幸せって、どっちかが頑張って作るものじゃなくて……二人が歩み寄ることで生まれるものだと思うから。

お姉さんの言葉も思い出して、強くそう思った。

「……うまく行くといいね」

俺が言うと、ニッシーはようやく俺の方を見て笑った。

「そっちもな」

自分のことを考えていたのを見透かされたみたいで恥ずかしくなって、俺は黙って笑い返した。


ニッシーと別れてK駅で電車を降りたとき、スマホが震えた。

見ると、カモノハシ先生からの着信だった。

「はい、加島《かしま》です」

改札を出たところだったので、静かな駅前公園の方へ歩きながら電話に出た。

「元気？」

カモノハシ先生は、いつも通りの陽気な声だった。

「あれから黒瀬《くろせ》さんどう？　サトウくんに粉かけられてない？」

「それはもう大丈夫だと思います。その節は、本当にありがとうございました」

「いやー、あれはあれで楽しかったからいいのよ」

そこで一瞬会話が途切れて、俺は国民的漫画家先生と電話で何を話したらいいかわからず、ひそかに冷や汗をかく。

というか……。

カモノハシ先生は親しい人間には面倒見が良さそうな人だけど、黒瀬さんのアフターフォローだけで、わざわざ俺なんかに電話してくるだろうか？

そう思っていたとき、電話の向こうで先生が「あのさ」と切り出した。

「藤並《ふじなみ》くんがさ、飯田橋《いいだばし》書店辞めるっぽいんだけど、なんか知ってる？」

「えっ⁉」

驚いて、思わず素の声を上げてしまった。公園の地面にいた鳩《はと》が、俺の声で飛び立った。

「どういうことですか⁉」

「いや、さっき藤並くんから、いきなり『年内で担当外れる』って連絡来たから、次どこの部署行くのーって訊《き》いたら、なんか退社を匂わされたんだよね。『最後に食事しましょう』って言って、会う日決めたから、そこで言うつもりかもしれないけど、なんか怖いじゃん！ 俺、ただでさえ人と会うの怖いのに。早く教えてほしいんだよ。なんか事情知らない？」

「え……まったく知らないです……」

俺は茫然と答えることしかできない。「仕事が楽しい」「充実している」と言っていた藤並さんだから、それは青天《せいてん》の霹靂《へきれき》のことだった。

「藤並くん、出世頭でイケイケだと思ってたのに、いきなり辞めるなんてさ。なんか問題とか不祥事とか起こしたのかなって思うじゃん？　そういう話じゃないなら、全然いいんだけど」

「……そういう話じゃないと思いますよ。ほんとに、何も聞いてませんし」

そんな事件があって編集部内で話題になったら、一介のバイトの俺の耳にも、さすがに入ると思う。俺が知らなかったとしても、黒瀬さんは他の編集者とも話しているから、俺にも教えてくれるだろうし。

「ならいいけど……でも残念だなぁ。藤並くんとは、そのうち一緒に仕事するかもしれないと思ってたのに」

そう言うカモノハシ先生の声には、本当に残念そうな響きがあった。最近漫画は描かれていないようだけど、藤並さんとなら仕事をしたいと本気で思っていたのかもしれない。

そんな藤並さんを尊敬すると共に、この前答えてもらえなかった疑問が心に再び湧き上がってきた。相変わらず、頼音《らいおん》さんの作詞は進んでいない。

「……あの、カモノハシ先生」

「ん？」

「こんなときに、お尋ねするのもあれなんですけど……編集者に求められるスキルって、なんなんでしょうか？」

「え、知らねーよ！　編集者に聞け！」

　俺の意を決した質問を、カモノハシ先生は豪快に一蹴した。

「いえ、あの、漫画家の先生の視点からでいいので……」

　頼音さんの作詞のことでは目下のところ本当に困っていたので、俺にしては珍しく食い下がった。

　カモノハシ先生は「うーん」と唸《うな》った。

「それも難しいなー。漫画家なんて個性の塊だから、みんな違う性格で、描いてるもんだって千差万別だろ？　ハードボイルド描いてる漫画家だったら、銃に詳しい担当がいいなーとか思うんじゃん？」

　そういうことではなく……と思っていると、先生は「たださ」と付け加えた。

「担当する作家のことは、できれば好きになった方がいいよ。こっちも、好きになろうとしてるから」

「担当編集をですか？」

「そう」

　公園のベンチにたどり着いたので、俺はベンチに座った。広い階段の下には、丸い芝生広場が広がっていて、子どもたちが元気に駆け回っていた。

「好きで信頼できるやつの言うことだったら、ボロクソ言われても、ちゃんと聞こうって思えるじゃん。特に若い頃は担当にめちゃくちゃ言われることもあったけど、そこに作品や俺への愛があると感じたから聞けた。それがなかったら、ネットで罵詈《ばり》雑言言って叩《たた》いてる連中と一緒だろ？　まぁ、一緒ではねーか、ガハハ」

と、カモノハシ先生は一人で笑った。

「『奥さんが最高の担当編集』みたいな漫画家も、何人も知ってるしさ。俺たちが作品を届ける相手は、評論家じゃなくて、漫画や本が好きな、普通の人たちなんだから、本来それでいいんだよ。だから、内容については、一般読者代表として、自分の素朴な感想を言えばいい。それを相手が素直に聞けるように、何よりも信頼関係を大事にするんだね。とりあえず、自分で作家を担当することになったら、まずは過去作を読んだり、雑談で経歴やプライベートを聞いたりして、その人を知ることから始めれば？　知れば好きになれるじゃん。逆に嫌いになることもあるかもだけどなー。そしたらしょうがねぇ、仕事だって割り切れ！　ガハハ！」

それを聞いて、ハッとした。

頼音さんへのアドバイスが上手《うま》くいかない原因が、今言われたことの中にある気がした。

俺は、久慈林《くじばやし》くんにも、黒瀬さんへのLINE対応のことでアドバイスしている。

自分で言うのもなんだが、そちらの方は今のところわりと上手くいっていると思う。

久慈林くんとは三年近く友達で、彼のいいところをよく知ってるから、多少とんちんかんなことを言われても、彼の真意を汲み取《くと》ろうと根気よく向き合うことができる。彼にもそれが伝わって、譲歩すべきところでは俺の言うことを聞いてくれるのだろう。

頼音さんに対して何もアドバイスが思いつかないのは、俺が彼のことを知らないからのような気がした。

◇

その夜、俺はパソコン画面の中の頼音さんと向き合った。

「作詞、どうですか？」

改めて尋ねると、頼音さんはばつが悪そうな顔になる。

「そうですね……リモート会議の直後はやる気出たんですけど、昼職なので夜は眠くなっちゃって……」

「あはは……」

臆面もないダメ発言に笑うしかない。

この人も、久慈林くんくらい手取り足取り面倒を見ないと無理なのかもしれない。

……それに当たって、だ。

「頼音さんは、いつからシンガーソングライターを目指してたんですか？」

そんな問いから入ると、頼音さんは「え？」と目を丸くした。

それから、「そうですね……」と宙を見つめる。

「……高校出て、お母さんが再婚して、気楽に帰れる実家もなくなって……。何をしていいかわからないときに思いついたのが、シンガーソングライターだったんです」

そう言ってから、なつかしそうに目を細める。

「小さい頃……勉強も運動も、何も得意じゃなかったボクのこと、歌ってるときだけは、お母さんが褒めてくれたんです。だから、歌が好きになって」

当時を思い出してか、頼音さんはふふっと笑った。

「『お皿洗いの歌』とか『お洗濯の歌』とか、家事を手伝いながら、目に入るものをそのまま口に出してできるでたらめな歌詞と、どこかで聞いたことあるメロディーで、いろんな歌を歌って……お母さんがそれを笑って聴いてくれるのが嬉《うれ》しかったんです」

そう言った表情に、ふと翳《かげ》りが表れる。

「……だから、歌っていたら、また誰かを喜ばせることができるんじゃないかって、夢を見てしまって……そのせいで、龍斗《りゅうと》さんや皆さんにご迷惑かけてて……ほんと申し訳ないです」

そう言って、頼音さんは画面越しに頭を下げた。

「こんなに人のお世話にならないと、好きな人に贈る歌すら完成させられないなんて……ボクってやっぱ、才能ないんだなって思います」

「そんなこと……俺からすれば、自分で作詞作曲できるってだけで、すごいですよ」

俺のフォローに対して、頼音さんは苦笑いして首を横に振る。

「……CDを出したこともある路上シンガーソングライターの先輩が言ってたんです。『生涯歌で食っていけるような売れっ子たちにも会ったことあるけど、みんな普通の人間じゃない。踊り出しそうに嬉しいときも、死にそうに辛《つら》いときも、自分がどんなコンディションのときでも、身体《からだ》の中から常に言葉と旋律が溢《あふ》れてきて、歌にして吐き出してないと脳みそが詰まって死んじまうようなバケモンなんだ。やつらは生まれたときからそういう人間なんだ』って」

淡々と語ってから、頼音さんはつぶやくように言った。

「……ボクは、そんな人間じゃないんです」

「そんなこと……」

「でも、こんな凡人のボクの歌を……キティちゃんは、昔のお母さんみたいに『すごい、上手！』って褒めてくれて……それが嬉しくて……なかなか見切りをつけられなくて……」

嬉しそうに、悲しそうに、頼音さんは語る。

「頭の隅にはずっと、いつか伯父さんの店で働こうって考えはあったんです。お母さんも、そのために調理師学校を薦めてくれたんだろうし……。でも、きっかけがなくて……。見切りをつけられなかったのもキティちゃんが応援してくれたからだけど、現実に向き合うきっかけをくれたのも、キティちゃんの存在のおかげなんです」

そう言って頼音さんは口をつぐみ、思い直したように、再び口を開く。

「……だから、最後に作るこの歌は、他の人からすれば名曲じゃなくても……キティちゃんにだけは、心から喜んでもらえるものにしたいって思って……そう思えば思うほど『いい歌詞を書かなきゃ』ってプレッシャーになって、言葉が出てこなくなっちゃって……」

頼音さんの話を聞いていて、俺はふと考えたことがあった。

そういうことなら、彼を手伝うことができるかもしれないと思ったのだ。

そんな光明を見出《みいだ》した俺とは対照的に、頼音さんの表情はどんどん暗くなっていく。

「でも、こんなに浮かばなかったら、もう無理なのかもしれないですね。諦めて、ダサくても、ただ普通にキティちゃんに謝りに行った方がいいのかも……」

「そんなこと言わないでください。諦めずに、もう一度挑戦してみましょう」

画面の向こうの彼を励ますように、俺はマイクに向かって力強く言った。

「俺に、綺麗《きてぃ》さんとの思い出を教えてくれませんか？」

「え？」

頼音さんはきょとんとする。

「今、気づいたんです。この歌に足りないものは、具体性なんじゃないかって。どこかで聴いたようなラブソングじゃなくて、この世でたった一人、綺麗さんにだけ響く歌……それを作りたいっていう頼音さんの思いを叶《かな》えるなら、抽象的な言葉よりも、綺麗さんとのエピソードを書くべきなんじゃないかって」

やっぱり話を聞いてよかったと思う。俺はこの思いつきを夢中で話した。

「お二人の思い出をピックアップして、それを歌詞にしましょう。どのエピソードを選んで、どう構成するか……俺も相談に乗りますから」

「改めてそう言われると……難しいですね……」

「難しくないですよ」

難しい顔をする頼音さんに、俺は言った。

「今、教えてくれたじゃないですか。頼音さんが小さい頃、お母さんに喜んでもらえた歌は……目に入るものをそのまま口に出してできた歌詞だったんですよね？」

「あ……」

「前に話してくれましたよね。綺麗さんと初めて会った日に『キラキラネームトーク』で盛り上がったこと。ああいうエピソード、もっと話してください。それを歌詞にしましょう。一緒に」

俺の言葉に、頼音《らいおん》さんは大きく頷《うなず》いた。

「……わかりました。よろしくお願いします」

その日から、頼音さんとの作詞作業が始まった。

そうして、頼音さんの「自称シンガーソングライター」としての最後の曲は、クリスマスイブの前日に完成した。

第四・五章　朱璃ちゃんとマリめろのオフトーク

都内のファッションビルにあるカフェで、今日も朱璃《あかり》ちゃんとマリめろが差し向かいでお茶をしていた。

朱璃ちゃんは青い顔をして、手にしたハンドタオルを口元に当てる。

「……ウゥッ……！」

「朱璃ちゃん、大丈夫？」

マリめろは、心配そうに彼女の肩に手を伸ばす。

「そんなに体調悪いなら、延期してくれてよかったのに……」

彼女の言葉に、朱璃ちゃんは首を横に振った。

「いーの。だって、あたしがマリめろに会いたかったんだもん……」

ハンドタオルを口元から離して、そう言った。

「つわりがひどくて、こんな早くに仕事辞めることになって……。毎日家でゲーゲーしてたって、気分まで最悪になるだけだし」

そんな彼女を、マリめろはなおも心配そうに見る。

「大丈夫ならいいんだけど……」

「大丈夫。あたし空腹になると気持ち悪くなるタイプだから、気分はずっと悪いけど、食べてさえいれば嘔吐《おうと》エアプ勢だし」

「初めて聞いたわ、そんな言葉」

マリめろは苦笑した。

朱璃ちゃんも、無理矢理のような笑みを浮かべてみせる。

「……この前、役所行って、結婚届出したんだ。いい夫婦の日に」

「おめでとう」

マリめろは微笑《ほほえ》ましげに祝福した。

朱璃ちゃんは苦笑する。

「笑っちゃうけどね。ユースケは毎日仕事から疲れて帰ってきて寝るだけだし、あたしは一日中ぐったりしてて、何がいい夫婦なのかわかんないけど」

「指輪とかは?」

「まだー。そのうち買おうねって話してるけど、ユースケがまだお金ないから、婚約指輪も無理だし。向こうのご両親には全然頼れない状態だから。今はとにかく、出産にかかるお金を確保するのに必死だよー」

「そっか」

マリめろは、そう言ってそっと俯《うつむ》いた。

「でも、すごいな……。もう妻で、お母さんなのね、朱璃ちゃん」

「全然実感はないけどね。現象としてお腹《なか》は膨らんできたし、つわりで気持ち悪いし、もうなるようになってくしかないよー」

苦笑いを続ける朱璃ちゃんは、自分のお腹を撫《な》でる。そこはまだ目立った大きさにはなっていないものの、食べ過ぎたときの食後くらいには膨らんでいた。

そして、ふと目の前の友人を見つめる。気分は一時的に良くなったようだ。

「マリめろは？　この前言ってた法応ボーイとは、その後何もないの？」

「ああ……」

マリめろは、思い出したようにつぶやいた。

「LINEしてるわ。何日かおきに」

「えっ、マジ⁉　あそこからどんなミラクル起きたの⁉」

「見る？」

そう言って、テーブルの上に置いてあったスマホを取り、朱璃ちゃんの方に向ける。

「見る見る！　……え、けっこうちゃんと会話してんじゃん。この前見せてもらったときは、マジでヤッバかったけど」

「そうよね」

マリめろは苦笑して、手元に戻したスマホに視線を落とす。

「……わたし、今のこのLINEって、加島《かしま》くんが助言してる気がするのよね」

「えっ、マジ？　なんで？」

「うまく説明できないんだけど……なんかちょっと、加島くんっぽさを感じるの」

不思議そうな顔の朱璃ちゃんに、マリめろはそう言った。

「でも、加島くんじゃない部分も、けっこうあって……」

トーク画面の文面を目で追いながら、マリめろは自然と微笑む。

「そこがきっと、本当のこの人なんだろうなぁって……そこも別にイヤじゃないから、続けてる」

そんなマリめろに、朱璃ちゃんは「えー」と声を上げる。

「加島くんって面倒見良さそうだけど、さすがに男友達にいちいちLINEのアドバイスまでするぅ？　だって、めっちゃやりとりしてんじゃん」

そう言われて、マリめろは俯いた。

「そうね。だから、もしかしたら加島くんは無関係なのかもしれないけど……」

考えすぎた自分への嘲笑のような微苦笑を浮かべて、そっと続ける。

「加島くんが、どうしてこの人と仲がいいのかは、わかってきた気がする」

そして、優しく微笑んで、独り言のように言った。

「わたしも、嫌いじゃないわ。この人のこと」

第五章

クリスマスイブの日。

月愛《るな》と、横須賀中央駅《よこすかちゅうおうえき》の駅前広場で、そのときを待ちながら、高二のクリスマスイブを思い出した。

「おねーちゃん、喜んでくれるかな……」

隣で不安そうにする月愛の手を取って、俺は頷いた。

「大丈夫だよ」

「リュート……」

俺の手を、月愛が強く握り返す。

「ありがとう。ごめんね……あたし、いつも家族の問題にリュートを巻き込んでるよね。

……高二のときも」

「俺も今、あのときのこと思い出してた」

日曜日と重なったクリスマスイブで、年末の駅前は人でごった返していた。

とりわけ寒い日ではなかったが、夕方になると冬らしい肌寒さを感じ、人々は身を縮めて行き来している。立ち止まったきりの俺と月愛は、お互いの体温を求めるように身を寄せ合っていた。

十七時を過ぎて、日が落ちて辺りは暗くなり、イルミネーションが点灯する。

頼音さんが言った通り、駅前広場には一本、ビルの二、三階くらいの高さの木があって、幹や枝を青い灯《あか》りでクリスマスツリーのように飾り付けられていた。

その近くで、頼音さんの路上ライブが始まった。

「聴いてください、『クリスマス・イブ』」

初めは、有名なクリスマスソング。

道ゆく人のほとんどが素通りだが、季節感がある選曲なので、待ち合わせのついでに足を止めて耳を傾けてくれる人も、一人、二人はいた。

警察にライブでの路上使用許可はもらっているものの、ギター一本持って歌っているだけの頼音さんは、通行の邪魔になるほど場所も取らない。

隣の月愛は、さっきからずっと不安げな表情をしている。それを見て、彼女も大人になったのだなと思う。

高二のクリスマスイブ。両親の復縁を願って食事会を計画した月愛は、お父さんが美鈴《みすず》さんを連れてきたことによって大撃沈し、熱まで出して寝込んでしまった。

あの日、店で美鈴さんの姿を見るまで、月愛の表情に曇りはなかった。会の成功を一途《いちず》に信じていた。

失敗の経験を経た月愛は、自分の想《おも》いが届かない場合があることも知っている。

それでも、届いてほしくて、願っている。冷えた手で、俺の手を握りしめながら。

「……ありがとうございました。最後の曲は、僕が最愛の人のために書いた曲です」

俺は、広場の雑踏に目を配った。そして、俺たちから数メートル離れた場所にいる黒瀬《くろせ》さんと、その隣のお姉さんの姿を発見した。

黒瀬さんに支えられるようにして立ったお姉さんは、信じられないといった表情で頼音《らいおん》さんを見ていた。

「聴いてください……『小猫とライオン』」

ギターが刻むイントロのメロディを聴きながら、これを聴くのはもう何十回目だろうと思った。

この瞬間のためだけに生まれた、この曲に、頼音さんと俺がこの二週間、どれだけ心血を注いだか。

他の人にとっては平凡でありきたりなラブソングでも、世界でただ一人、お姉さんの心にだけは届く曲であってほしい。
そう願って、俺はすでに飽きるほど聴いたそのメロディーに耳を傾けた。

初めて会った日のこと覚えてる
君は体重林檎《りんご》三個分の小猫
僕は心優しい百獣の王
人の名前じゃないよねって笑って
この街で巡り合えた奇跡に感謝した

初めて喧嘩《けんか》した日のこと覚えてる
君が大事にしてた傘
僕が雨上がりになくしてしまった
代わりの傘を買ってきても
君は「あれじゃなきゃイヤだ」と泣いた
今ならわかるよ　その気持ち
あのときはごめんね

僕も君じゃなきゃイヤだから

花柄のマグカップ
シルバーのキーリング
コンバースのスニーカー
おそろいのものが増えていって
僕の心も君でいっぱいになってた
「どうせなら一緒がいいよね」って
二つずつ買ってくれた君の笑顔
目をつぶればいつも思い出すんだ

でも僕は弱くて
変われない自分に苛立《いらだ》って
変わりたいと強く願って
君の笑顔に背を向けた
だけど

やっぱり——
離れててもどうしようもなく
僕は君が好きです

君を守るために生まれてきたよなんて
そんなことまだ言えない僕だけど
あきれるくらい傍《そば》にいる自信はあるから
その小猫みたいな寝顔を
気弱なライオンの心で守らせて
これからはもうずっと
君を離しはしないから

曲が終わって、パラパラと拍手が聞こえた。
曲の途中で隣の月愛を見ると、彼女は涙を流していた。
黒瀬さんに支えられたお姉さんも、両手で顔を覆って泣いていた。
そんな彼女に向かって、頼音さんは言った。

「キティちゃん」

地面に置いてあったギターケースにギターを収めて、頼音さんは彼女の方へ歩み寄った。

「突然出て行ってごめん。あれからボク、伯父さんのお店で三ヶ月働いて……もらったお金で、これを買いました」

そう言うと、頼音さんはコートのポケットから小さな箱を取り出して、お姉さんの前に跪《ひざまず》いて蓋を開けた。

「ボクと結婚してください」

俺たちの距離からはよく見えないけど、中には指輪が入っているはずだ。

突然始まったドラマチックな展開に、ライブのときよりも多くの人が足を止めて、二人を見守る。

お姉さんは溢《あふ》れ出《で》る涙もそのままに、頼音さんを見つめて。

「……はい……！」

力強く、大きく頷《うなず》いた。

◇

それから俺たち……お姉さんと頼音さん、黒瀬さん、月愛と俺は、お姉さんの家へ場所を移した。

狭いワンルームの、テレビ台の前のテーブルで、お姉さんは頼音さんに三ヶ月分の思いを伝えていた。

「ライくんが考えてること、一緒にいても全然わからなかった……。全部言ってくればよかったのに……。あたしがどれだけ悲しかったか……」

「……ごめんね」

頼音さんは眉根を寄せて、気まずそうに口を開く。

「キティちゃんがSNS見て『誰々が結婚したんだって』とか言うのが、いつの頃か、全部ボクへのプレッシャーに聞こえてきて……。なんとかしなきゃって、気持ちだけずっと焦《あせ》ってて……。キティちゃんはお姉さんで優しくて、養ってくれて、身の回りのことも全部やってくれて……このままここにいたらダメになると思って、出ていくしかないと思ったんだ」

それを聞きながら、お姉さんはしゃくり上げている。

「でも、これからは、もうずっと一緒だから」

頼音さんのその言葉に、お姉さんは顔を上げる。

その左手の薬指には、先ほど頼音さんが贈ったリングが輝いていた。

「ほんと……？　ほんとのほんとだよね？」

「ほんとのほんとだよ」

頼音さんが力強く言って、お姉さんの涙がようやく止まり、その顔に喜色が湛《たた》えられる。

「ライくん、大好きっ！」

「わっ！」

お姉さんに抱きつかれ、ムニムニの胸を押しつけられた頼音さんは、俺たちの目を気にして戸惑う。

「キ、キティちゃん⁉　みんなの前だから、ちょっと……」

「ヤダ！　やめない！　入籍日いつにする⁉」

そう言って、お姉さんは頼音さんから身体《からだ》を離し、キラキラ輝く瞳で彼を見つめる。

「えっ？」

戸惑う頼音さんをよそに、お姉さんは両手をパンと打ち合わせた。

「そうだ！　早速うちのおとーさんとおかーさんに、挨拶行かなきゃ！」

そう言って、お姉さんは鞄《かばん》を持って立ち上がった。

「えっ、今から⁉」

それに驚いてツッコんだのは月愛《るな》だった。

「そう！　こーゆーのは早い方がいいんだって！」

「今から行ったら帰れないかもよ!?」

「もぉ、いーじゃん、どっか泊まれば！　だって今日はイブだよ？」

「キ、キティちゃん、ほんとに!?　ボク、こんな格好だよ!?」

頼音さんも、自身の普段通りのラフな服装を顧みて焦る。

「へーキ、へーキ！　あたしの親だよ？　そんなとこ気にするわけないじゃん！」

お姉さんのファッショナブルな姿を見ると、その言葉には謎の説得力がある。

そんなわけで、お姉さんと頼音さんはバタバタと支度して家を出て行った。

「じゃーね、みんなありがとう！　あたしたち、幸せになるねー♡」

「皆さん、ありがとうございましたっ！」

お姉さんはハッピーオーラ全開で俺たちに手を振り、頼音さんはドアが閉じるまで何度も頭を下げていた。

「……なんか……だいじょぶかな、あの二人……」

心配そうな瞳をしてつぶやく月愛に、俺は安心させるように微笑《ほほえ》んだ。

「大丈夫だよ、きっと」

根拠はないけど、そんな気がした。

世話焼きで愛情深くて感情表現豊《ゆた》かなところが女性らしくて魅力的だけど、ちょっと子どもっぽくて衝動的な行動が目立つ、危なっかしいところがある綺麗《きてぃ》さん。

一見フニャフニャした今どきの若者に見えるけど、思わず手を差し伸べたくなってしまうくらい素直で純粋な心を持ち、実は客観的な視点を持っていて、先々まで考えて行動に移せる頼音《らいおん》さん。

二人はとてもお似合いだ。この先きっと、互いを支え合って生きていけるだろう。

ちゃんと働くようになって、男としての自信をつけた頼音さんは、優しいライオンのような心で、小猫のような綺麗さんを守ってあげられるに違いない。

そんなことを思って感動的な気持ちになっていると、一度閉まったドアが開いて、頼音さんだけが戻ってきた。

「忘れ物ですか?」

月愛が尋ねると、頼音さんは「いいえ……あっ、はい」とよくわからない返事をして、俺の前に正座した。

「龍斗《りゅうと》さん」

「はい」

「本当に、ありがとうございました！」

土下座をするように頭を下げる頼音さんに焦り、俺は思わず彼の頭を持ち上げてしまった。

「えっ、やめてください」

頼音さんは、そんな俺の両手を取って頭を起こし、落涙せんばかりに瞳を潤ませて俺を見つめる。

「ボク一人じゃ、あの歌は完成させられませんでした。龍斗さんのおかげです。龍斗さんは、きっといい編集者になると思います」

「頼音さん……」

逆にこちらが感激してしまって、言葉に詰まった。

「指輪でお金使いすぎちゃって……何もお礼できなくてすみません。少し残しておけばよかった」

「いいんですよ、そんなこと」

俺は彼の手を握り返して、力強く応じた。

「頼音さんにそう言ってもらえただけで、協力してよかったって思います」

頼音さんは、無言でもう一度深く頭を下げて、立ち上がった。

「本当に、ありがとうございました」

そう言って、今度こそ頼音さんは部屋を後にした。

「…………」

二人がいなくなって、部屋の中が少し広くなった気がした。

「……じゃあ、わたしも帰るわね」

黒瀬《くろせ》さんが、コートと鞄を持って、座っていたベッドから立ち上がった。

「横浜に住んでる大学の友達と、十九時からご飯食べる約束してるの」

「えっ、男の子⁉」

色めき立つ月愛に、黒瀬さんは苦笑を返す。

「女の子に決まってるでしょ。こんな日に誘うの」

そう言って、静かに支度をして出て行った。

残された俺と月愛は、狭いワンルームで顔を見合わせた。時刻は十八時過ぎだ。

「……うちら、どーしよ？　ご飯とか……お腹《なか》空いてきたけど」

「そういえば、何も考えてなかったね……」

何しろ、お姉さんと頼音さんがどうなるか、やってみなければわからなかったので、その後の予定を立てられなかったというのもある。ちゃんと予定を入れていた黒瀬さんは賢い。

「どっか食べに行ってもいーけど、今からよさげなお店調べても、予約でいっぱいそーだよね」

「イブだもんね……」

「じゃあ、もうここでいい？　何か作ろーか？」

「えっ？　ああ……いいの？　ありがとう」

カップルだらけのレストランで周りに気を遣いながら食べる食事より、俺は月愛の手料理の方が断然嬉《うれ》しい。

「じゃー作るね」

月愛は、お姉さんのものらしいエプロンをつけて、冷蔵庫を開ける。

「卵と……ウィンナーがある。パックご飯はあるし……うーん……」

そう言って、俺を見た。

「リュート、チャーハンとオムライス、どっちがいい？」

「えっ？　じゃあ、チャーハンで」

「いいの？　オムライスのがクリスマスっぽくない？」

「まあ、そうだけど」

ただチャーハンのが食べたいから言っただけだ。男ってそういう生き物なんだ。俺だけかもしれないけど。この前、イッチーが美味そうにかき込んでいたチャーハンの記憶が、頭の隅にあったせいかもしれない。

「リュートがいいなら、チャーハンにするよ」

月愛は笑って、再び冷蔵庫をのぞいた。

「あっ、やった！　冷凍庫にきざみネギはっけーん！　やっぱチャーハンでセーカイだね♡」

そうして、俺たちのクリスマスイブディナーはチャーハンになった。

◇

小さなテーブルに置かれた二つのチャーハンのお皿は、やっぱり色違いのペアだった。卵が少し茶色く焦げてお米にくっついているのが、美味《おい》しそうで食欲をそそる。

「お酒飲む？　おねーちゃんのだから、これになるけど」

そう言って、月愛が冷蔵庫からストロング系チューハイを取り出して見せた。

「いや、いいよ。烏龍茶《ウーロンちゃ》とかある？」

お姉さんが一気飲みして泥酔《でいすい》する様を目の当《まあ》たりにしていたので、あれを飲むのはなんか怖い。

「緑茶のペットボトルならあるー。常温だけど」

「いいよ。冬だし」

そうして、どこか少しチグハグなディナーを、俺はこの上なくありがたくいただいた。

「いただきます……うん、美味しい」

「よかった！　味濃くない？」

「これくらいがちょうどいいよ」

「そうなの？　覚えとこ！」

そう言って、月愛がこれまた色違いのスプーンを口に運ぶ。


二人きりの狭いワンルーム。

お姉さんが頼音さんと同棲《どうせい》していた部屋だから、生活感に溢《あふ》れて、まるで月愛と同棲していっるみたいな雰囲気で……。

どうしたって意識してしまう。

そわそわして、何にも考えが集中できない。

沖縄の夜から続く悶々が、食欲が満たされていくにつれて、別の欲求として膨れ上がってくるのを感じた。

「……ごちそうさま」

俺がスプーンを置くと、月愛が驚いたような顔をした。

「えっ、もう食べ終わったの？　少なかった？」

「そんなことないけど、美味しかったから」

「えー、嬉しい♡」

俺の言葉に喜んで、月愛は笑った。

「リュート」

そう呼ばれて隣を見ると、色違いのスプーンが口元に来ていた。

「あーん♡」

月愛に言われて、俺は口を開ける。

スプーンがカチッと歯に当たって、その瞬間、なぜか鼻の奥がツーンとしてしまった。

幸せだった。

これだけで充分幸せなのに……俺はさらに、その奥にある幸せが欲しくなってしまっている。

月愛《るな》を傷つけたくない。

幸せにしたい。

でも、もう耐えられないくらい、辛《つら》い。


「……えっ!?　どしたの、リュート……？」

月愛が驚いている。

突然声もなく泣き出した俺を見て、戸惑いの表情を隠せないようだ。

自分だって、なんで泣いているのかわからない。

「月愛……」

情けないことに、俺はまだ何者にもなっていない。月愛が先を歩いているのは変わらない。

でも、俺は今、この手で何か摑《つか》みかけているものがあるのを感じる。

それは、頼音《らいおん》さんや久慈林《くじばやし》くんに教えてもらったことだ。黒瀬さんの姿勢や、藤並《ふじなみ》さんの背中、カモノハシ先生に教わったこともある。

その感触を頼りに、俺はこれから歩いていきたいと思っている。

俺はきっと月愛を幸せにする男になる。

だから、これを言わせてほしい。

そんなふうに思っているうちに、感極まって出てしまった涙だった。

——幸せって、どっちかが頑張って作るものじゃなくて……二人が歩み寄ることで生まれるものだと思うから。

——決めたよ。だって、俺たち付き合ってるんだから。いつまでも俺だけが我慢してるのは、おかしいだろ?

お姉さんとニッシーの言葉が、そっと背中を押してくれている気がして、俺は口を開いた。

「……俺、編集者になりたいと思ってる」

それは、決して雷に打たれたような衝撃的な気づきではなく、久慈林くんにＬＩＮＥのアドバイスをしたり、頼音さんと歌詞を考えている中で、じわじわと湧き上がってきた思いだった。

「そのために頑張るよ。何をしたらいいか、具体的に考えるのはこれからだけど……」

月愛は、真剣な表情でじっと俺を見守っている。

「もちろん、その先の将来のことも考えてるし、今は、ずっと一緒にいるための基盤を作る時期だっていうのも、わかってる……。もし何かあったら、イッチーみたいに、人生を懸けて全力で責任を取ることになるのも覚悟してる……それでも」

顔が見られずに、俺は食べ終わったチャーハンの皿を見ながら言った。

「月愛のこと、ほんとに大好きだから……」

見なきゃ、と思って、なんとか月愛の顔を見て。

「したい……」

喉の奥から、思いを絞り出した。

「ごめん、もう我慢できないんだ……」

そんな俺の顔を、月愛はじっと見つめて、瞳を潤ませて。

「リュート……」

抑えきれない感情がこぼれ出したように、つぶやいた。

「嬉しい……」

口元を押さえて、月愛は俯《うつむ》いて言った。

それは、俺にとって意外な言葉だった。

「リュートがそんなこと言ってくれるなんて……夢みたいだよ……」

「え……？」

俺は、その顔をのぞき込むように月愛を見つめた。

「でも月愛、『ここまで来たら先に結婚するのもアリかも』って……」

「理性《リセー》では、そう思ってた。でも……あたしもずっとリュートと一つになりたかったし、何より……」

そう言って、恥ずかしそうに頬を染める。

「リュートから求められたかった。高二の終わりのときも、沖縄のときも、いつもあたしから催促してるみたいで……女の子として、少し恥ずかしかった」

「月愛……」

そんなことを思っていたなんて、微塵《みじん》も思わなかった。

俺が月愛を誘わなかったのは、付き合い始めた日に「月愛がしたくなるまで待つ」と約束したからだ。

高二の終わり、月愛から「したくなった」と告げられたとき、いろいろあって一度目のタイミングを逃して。

俺の受験勉強が始まって、それが終わったら月愛の妹さんたちが生まれて、すれ違いの日々が始まって。

「俺は、ずっと……ずっとしたかったよ。高二の六月、月愛が初めて俺を家に上げてくれて、『シャワー浴びてくる？』って言ってくれたときから、ずっと」

月愛が口元から離した両手を、俺は力強く握った。

その手は熱かった。

「我慢してたんだよ。ほんとは、死ぬほど……。ずっと、毎日想像で月愛を抱いてた」

月愛は瞳を揺らして、嬉《うれ》しそうに、恥ずかしそうに俺を見ている。

「二人きりでいるときは、いつだって我慢してたよ。江ノ島の夜は、本当に辛かったし……高二のイブのときだって、月愛が熱を出さなかったら我慢できなかったと思う……修学旅行の夜も、お花見のときも、いつだって、ギリギリだった」

「リュート……」

月愛はついに涙を零《こぼ》して、俺の手を強く握り返す。

「嬉しい。嬉しいよぉ……」

そう言って、月愛は手を解《ほど》いて、俺に抱きついてきた。

「リュート……」

胸だけが触れ合う抱擁では足りないというように、月愛はエプロンを解いて、俺の胡座《あぐら》の膝に乗ってきた。

首筋に、月愛の熱い息がかかる。

「リュートの匂いがする……」

すんすん、と月愛の鼻息が首の産毛《うぶげ》を揺らしてくるのがくすぐったい。

笑いながら、俺は彼女の背中に回した手に、思いきり力を入れる。

「うっ、くるし……」

月愛がうめくような声を上げて、俺は慌てて力を緩めた。

「わっ、ごめ……」

女の子を抱きしめる力加減も知らない、これだから童貞は、と思われただろうか……と被害妄想に陥っていると。

「ううん」

月愛の方から、ぎゅっと抱きついてきた。

「もっと苦しくしてほしい」

そう言う彼女は、思いきり力を入れているつもりなのだろうけど。

女の子の力で、柔らかい両腕にきつく抱きしめられるのは、ただただ心地いいばかりだった。

「月愛……」

俺も、今度は加減しながら、彼女の背中を強く抱いた。

お互いの胸が密着して、月愛の胸にある柔らかいものが、クッションのように二人の間で弾む。

さらに力を入れると、それがむにゅっと潰れて、下の方の肋骨《ろっこつ》が触れ合う感触がした。

少し力を緩めると、月愛の胸はたちまち弾力を取り戻して、押し返すように俺の肌から離れる。その生々しい感触の虜《とりこ》になって、俺は何度も、彼女を抱きしめては力を緩めた。

「リュート……」

首筋にかかる月愛の吐息が、さらに熱を帯びる。はぁはぁと呼吸が浅くなる。

「月愛……」

身体《からだ》を離して、至近距離で見つめ合った俺たちは、吸い寄せられるように唇を合わせた。

スタンプのようなぎこちないキスを繰り返していると、月愛が俺の耳元に口を寄せた。

「口開けて……」

そう囁《ささや》かれて、耳が火照《ほて》った。

自分はきっと間抜けな顔をしているに違いない、と思ったが、唇を半開きにして近づいてくる月愛の顔は、この上なくセクシーだった。

こんな月愛の表情を知っているのは、世界でただ俺一人であってほしいと願った。

むにゅりと、俺の口の中で月愛の舌が動く。それに頑張って絡《から》みつこうとしていると、月愛はそっと顔を引いて、再び俺の耳に口を寄せた。

「力抜いて……」

言われた通りにすると、熱く濡《ぬ》れた舌と舌が、溶け合うように口の中で躍る感触に酔いしれた。

気持ちいい。

月愛をもっと感じたい。

月愛の臀部《でんぶ》が、俺の太ももで、どんどん熱くなっていく。その場所を俺の股間に擦《こす》り付《つ》けるように、月愛の腰が動いている。

「月愛……」

おかしくなりそうなほど興奮して、俺は彼女の服の襟に手を入れた。

今日の月愛の服装は、胸元が大きくV字に開いた白いニットのワンピースだった。デコルテと胸の谷間が丸見えというほど開いていて、下に着ている、確かキャミソールというらしい下着のようなものが見えている。

　肩の骨で止まっているだけの、そのニットワンピースの襟を肩から外そうとしていると、月愛《るな》が笑った。

「伸びちゃうから、上に脱がせて?」

「えっ、あっ、ごめん……!」

　確かに、伸びたら襟が肩で止まらなくなってしまうよな。そんなことにも気づかないほど我を忘れている、あるいは女の子の服を脱がせた経験に乏しい自分が、恥ずかしい。

　そのニットワンピースは太ももくらいの丈で、俺に跨《またが》って動いているうちに、もう月愛の太ももはほとんど顕《あらわ》になっていた。

　その裾をたくし上げて、白いショーツが現れたときには、下着姿を見るのは初めてではないのに、腰が燃えるかと思うほど昂《たかぶ》った。

　白いショーツと黒いキャミソールの格好になって、月愛は俺の視界を塞ぐように、しなやかに抱きついてくる。

「リュートも脱がしてあげる」

　耳元で囁いて、月愛が俺のセーターと肌着の間に両手を滑り込ませてくる。

　上半身を脱がされて、俺はふと気がついた。

「あ、お風呂《ふろ》……とか、どうする？」

そう尋ねた俺に、月愛は首を傾《かし》げ、上目遣いに微笑《ほほえ》む。

「……リュートは、どうしたい？」

いつも鮮やかに彩《いろど》られた唇が、長いキスのために粧《よそ》いが落ち、優しい桃色に色づいている。ふやけたように濡れて輪郭がぼやけたそこが、ゾクゾクするほど色っぽいと思った。

「今日は体育なかったから、汗臭くはないと思うけど？」

そう言って、月愛はふざけるように、けれども挑発的に微笑む。

そこで俺は、四年半前に、彼女の部屋で聞いたセリフを思い出した。

──リュートはシャワーいらない派なんだ？

──今日体育あったし、ちょっと汗臭いかもだから恥ずいけど……。

そう言って、制服のリボンを外して、ボタンに手をかけた彼女の姿は、今でも脳裏に焼き付いているほど衝撃的だった。

でもそれは、もしかしたら俺だけにとって特別な体験だったのかもしれないと思っていたのだけど。

月愛も、あのとき自分が言ったことを覚えてくれていたんだ。そのことが嬉しい。

「……このましたい」

熱に浮かされたように答えた俺に、月愛が笑った。

「りょーかい♡」

しなやかな、やわらかい両腕が、蛇のように俺の首に巻きついてくる。

かと思うと、それはたちまち離れて。

「ちょっと鍵閉めてくる」

そう言って月愛は立ち上がり、玄関の方へ行った。ガチャッと鍵を回す音のあとで、じゃらっとチェーンをかける音もした。

「……これで、おねーちゃんたちが、気が変わって帰ってきても、入ってこれない！」

俺のもとに帰ってきた月愛は、そう言って笑い、再び俺の膝の上に乗った。

「んふっ……」

俺がキャミソールの胸元に顔を埋《うず》めると、彼女はくすぐったそうに笑った。

「リュート、赤ちゃんみたいで可愛《かわい》い♡」

執拗《しつよう》に胸に顔を押しつけていると、月愛が笑って、俺の頭を抱く。

「ちゃんと脱がせてよぉ」

くすぐったそうに、くすくす笑いながら月愛が言う。

「う、うん……」

俺はもたつく指先で、彼女のキャミソールをたくし上げる。

ショーツと揃《そろ》いの白いブラジャーが、その下から姿を現す。上下に白い下着だけをまとったその姿は、ギリシャ神話か何かの女神のように尊かった。

たわわな丸い二つの膨らみを支えるブラジャーを、背中に手を回して外そうとする。

「……ん？」

手の感覚に頼ってホックを外しにかかるが、なかなか上手《うま》くいかない。

「あ、あれ？」

慣れてないのが丸出しで恥ずかしい……と思って、焦《あせ》るほどに指先がもつれた。

「うふふ」

月愛が笑って腰を浮かせ、くるりと俺に背を向けた。

「はい♡」

腰にかけて細くなる、すらりとした美しい背中。それに見惚《みと》れながら、俺は無事に、ブラのホックを外した。

「……月愛？」

なかなかこちらを向かない彼女に声をかけると、月愛は顔だけをこちらに向けて、

「はず……」

と頰を染めた。

その仕草で火がついて、俺は彼女の前に回り込む。

ホックと肩紐《かたひも》の外れたブラジャーを手で支える彼女は、俺と目が合うと、ふふっと笑った。

「……ほんとは、四年半前に見せてるはずだったのにね」

照れ臭そうに笑って、そう言った。

「あのときだったら、全然恥ずかしくなかったんだけどな」

「……なんで今は恥ずかしいんだろう？」

半ば純粋な疑問として放った俺の言葉に、月愛は微笑んで答えた。

「……本物の好きになったから、だよ」

愛おしげに微笑んで、月愛は俺の首に甘えるように抱きつく。

膝の上に落ちたブラジャーを、月愛がそっと手で横に退ける。

素肌の胸に、同じく素肌の月愛の胸が、柔らかく吸いつくように押しつけられる。

こんな心地いい感触がこの世にあるんだ、と思った。

「リュートぉ……」

月愛の甘い声が、耳元で溶ける。

心と脳みその隅々まで、月愛で満ち満ちていく。

今まで過ごしたすべての瞬間の月愛が、愛おしく思い出される。

高二のあのとき、初めて訪れた月愛の部屋で彼女を抱いていたら、きっと、この満ち足りた想《おも》いに至ることはできなかった。

胸と胸が触れ合うだけでは足りなくて、俺は自分の手で月愛の胸に触れた。

「んっ……」

月愛は目を瞑《つぶ》って、艶かしい声を上げる。

ずっしり重みを感じる膨らみを片手いっぱいに感じながら、親指で中心をくるりとなぞった。

「あっ……」

背を反らし、月愛が嬌声《きょうせい》を上げて、腰を動かす。

月愛の熱と湿気を帯びた臀部が、俺の硬直に当たって気持ちいい。

「リュート……」

月愛が俺のズボンのファスナーに手を伸ばす。

「リュートも、脱いで」

喘《あえ》ぐように言って、ファスナーを下ろしてくる。俺は自らズボンを脱いだ。

「これも脱いで」

まだ自分は穿《は》いているくせに、月愛が俺のパンツに手をかける。

そして、月愛より一足先に、俺は一糸纏《いっしまと》わぬ姿を蛍光灯の下で晒《さら》すことになった。

「……る、月愛。あんまり見ないでくれる……？」

月愛が俺自身にまじまじと視線を注いでいるので、俺は恥ずかしくなって手で隠した。

そんな俺を、月愛は艶《あで》やかな微笑で上目遣いに見る。

「見なきゃよしよしできないでしょ？」

よしよし……よしよしされるのか……恥ずかしい……恥ずかしいけど興奮する。

……でも、やっぱり恥ずかしい。

月愛は他の男のものを知っているだろうし……と引け目を感じて俯《うつむ》いていると、月愛は俺の耳元に口を寄せた。

「……世界一かっこいいよ♡」

そう囁《ささや》いてくれた。

「月愛……」

胸がジーンとして、身体《からだ》も昂ってくる。

「ちょっと待ってて、月愛……」

避妊具を準備しようと腰を浮かしかけたら、

「はい、これでしょ？」

と、月愛にそれを手渡された。

「……えっ、月愛も用意しててくれたの？」

俺がいつも携帯しているものと種類が違うので、月愛のものだとわかった。

月愛は優しく微笑む。

「ずっと持ってたよ。リュートがいつ誘ってくれてもいいように」

「月愛……」

「あ、でもちょっと待って」

そう言うと、月愛は意味ありげに微笑んだ。

「……沖縄でヒローできなかった練習の成果、味わってくれる？」

そう言って、月愛は片側の髪の毛を耳にかけ、俺の足の間に顔を沈めた。

◇

月愛の中で味わっためくるめく快感は、俺のこれまでの何百、何千回の妄想を遥《はる》かに凌駕するものだった。

月愛《るな》は愛《いと》しい我が子を愛撫《あいぶ》するように俺を慈《いつく》しみ、俺は彼女の中で何度も果てた。

俺が彼女を満足させられたかは、正直自信がない。

それでも彼女は終始気持ちよさそうにしていたし、甘い声を上げ続けた。滔々《とうとう》と蜜を溢《あふ》れさせる泉も、最後まで涸《か》れることはなかった。

裸身の月愛は、本当に美しかった。

絵画のヴィーナスのように滑らかな曲線を描く身体は、どこをとっても柔らかくて、肌はすべすべで吸いつくように瑞々《みずみず》しかった。

もちろん俺は、それを断片的には知っていた。

けれども、あの日……告白してすぐに誰もいない家に誘われたあの日から、四年半経《た》ったクリスマスイブに。

図らずも、彼女の実の姉が暮らす狭いワンルームで。

俺は、初めて、月愛のすべてを知ったのだった。

◇

じゃれ合いが終わってから、俺たちは一緒に風呂《ふろ》に入った。

狭いユニットバスにお湯を張って、縦に並んで入るスペースはないので、横に並んで、浴槽の縁に膝をかけた。

「ウケる、ほぼはみ出してる」

お互い胴体しかお湯に浸《つ》かっていない状態に、月愛が笑った。

洗った長い髪をクリップのような髪留めで上にまとめて、濡《ぬ》れた後れ毛が白い首筋に張り付いているのも、すっかり化粧っ気のなくなった素顔も愛おしい。

「屈葬みたいな格好だね」

「なにそれ？」

「屈葬、知らない？」

「クッソウ？」

「昔の埋葬法。歴史でやらなかった？」

「うわぁ、大卒にバカにされた！　クッソゥ～！」

「あはは。てか、まだ卒業してないし」

「……でも、とりあえず一つ、卒業しましたね？」

ニヤリとからかうような微笑を浮かべて月愛に見つめられ、俺は幸せな恥じらいを感じて目を逸らす。

「……ソウデスネ」

「あは。なんでカタコト？　あたしみたい」

「え、何それ」

「時々やるの。ニコルとかに」

「あー、じゃあ、それかも」

「え？」

「月愛の影響だ」

自分で納得して、不思議そうな顔の月愛に説明した。

「文章とか、言葉遣いとかって、身近な人と似てくるじゃん？」

「そっか〜」

月愛もわかったように頷《うなず》く。

「似てきたんだ、あたしたち」

「これからもっと似てくるよ」

俺は言った。

「ずっと一緒にいるから」

ちょっとクサいことを言ってしまったかもしれない、と不安になって、何か言ってほしくて月愛を見る。

そして、月愛の異変に気づいた。

「……どうしたの？」

月愛の目から涙が流れていた。入浴中だから、一瞬お湯か汗かなと思ったけど、その目元や鼻が赤いので、泣いているのだとわかる。

「……あたし、終わってから、男の人にそんなこと言われたの初めて」

ぐすっと洟《はな》をすすってから、月愛は俯いてそう言った。

「する前は、みんな情熱的なこととか、甘い言葉、言ってくれるけど……終わってから、こんなに楽しくおしゃべりできた人、リュートが初めて」

つぶやくように言って、過去を思い出すかのように、思いを凝らした顔をする。

「『男は出すと疲れるから』って、話もしてくれなくて……目も合わせてもらえなくて」

その横顔の悲しげな瞳に、吸い込まれそうなほど魅入られるのはなぜだろう。さっきまであんなに抱き合っていたのに、また抱きしめたくて仕方なくなる。

「今までずっと『男の人ってそうなんだ』って思ってたから……リュートもそうなるのかなって思ってた。でも、リュートはなにもかも違う。あたしが初めて出会う男の人」

そう言うと、月愛は隣にいる俺をじっと見つめた。

「なんで？　どうしてリュートは、そんなに優しいの？」

そんな彼女の頰に残る涙の跡を、濡れた指先で延ばすように拭って。

俺は照れ臭さにはにかみながら答えた。

「『本物の好き』だから、だよ」

そして、狭いバスタブで屈葬のような姿勢で並んだまま、俺たちは再び抱きしめ合った。

俺の腕の中で、月愛がまた少し泣いた。

第五・五章　ルナとニコルの長電話

「とゆーわけで、とうとう、リュートと結ばれました♡」

「おめでと！　……いやー、それにしても長かったね」

「ほんとだよ！　もうほぼ初体験だった！　って、それはずーずーしーかな、へへ……」

「ふふ」

「でも、すごくよかったなって思うのが」

「何、初エッチの感想？」

「違うよっ！　……あたし、もうリュートと付き合って長いから、元カレたちの記憶が上書きされまくって、リュート以外の人とのお付き合いの記憶なんて、ほぼないと思ってたんだけど」

「うん」

「そーゆーことに関しての記憶は、リュートとの経験がないから、やっぱり、少しは残ってたのね」

「あーね」

「それが、リュートとしたことで、ちゃんと上書きできた気がした」

「うん」

「それがよかったなって。これからもっといっぱいしたら、そっちの記憶もリュートとの幸せな思い出でいっぱいになると思う」

「……そうだね」

「でも、四年も付き合ってたのに、めっちゃ恥ずかしかったー！　めっちゃ想像してたけど、水着で隠れるところは初めましてだったし」

「どうだった？　想像と比べて」

「うん……想像より……」

「焦《じ》らすなって」

「……かっこよかった♡」

「うわー、聞いてソンした！」

「リュートが慣れてないのはわかってたけど、あたしも全然で……なんか二人してモタモタしてたと思う。へへ」

「お似合いじゃん」

「うん♡」

「うわー、ウザ。幸せオーラで死にそう」

「もー！　もっと祝ってよ！」

「祝ってるよ。心の中でね」

「口に出してよー！」

「……よかったよ、ほんと。おめでとう」

「えへへ、ありがと」

「……よかったね……ほんと、よかった……」

「え、ニコル？」

「……ルナには、幸せになってほしい……あたしの分も……」

「え、もしかして……泣いてる？」

「……おめでと……」

「……？　ありがとう……」

「ほんと……ほんと……よかったよ……ルナ……」

「ニコル……？」

「あたしは……もう、自分のことはどうしていいかわからない……」

「ニコル？　え、どしたの？　なにかあった？」

「…………」

電話の向こうの笑琉《にこる》は、月愛《るな》に答えることなく泣き続けている。

そんな親友の様子に、スマホを耳に当てたまま、戸惑うばかりの月愛だった。

エピローグ

翌日、ぼんやりしながら編集部に出勤してたら、藤並《ふじなみ》さんに声をかけられた。

「加島《かしま》くん、あとで昼飯行かない？」

「えっ？　はい……」

大学が冬休みに入ってから、俺は午前中から出勤していた。黒瀬《くろせ》さんは、いつも通り夕方からの日が多い。今日も彼女はまだ来ていなかった。


午後一時、俺は藤並さんと二人でランチに行った。

入った店は、間口は狭いけど、バルのような洗練された雰囲気が漂う、おしゃれカレー屋さんだった。先導する藤並さんは、カウンター席と同じ高めのスツールが向かい合わせになった、壁際《かべぎわ》の二人席に座った。店内には、他にカウンター席に一人客が三人、一席置きに座っているだけだった。

「もう誰かから聞いてるかもしれないけど……」

カレーが来る前に、藤並さんは水を飲みながら、そう切り出した。

「俺、今月いっぱいで会社辞めるんだ」

カモノハシ先生からの電話があったので、驚きはしなかった。男二人にしては小綺麗《こぎれい》な店を選んだのも、この話がしたかったからなのだろうなと悟った。

「なんでですか……?」

「仲間と会社作ろうと思ってて。今まで水面下で動いてきたんだけど、そろそろやることが多くなって、今の身分だと不都合になってきたから」

おそるおそる尋ねた俺に対して、藤並さんはためらうことなくすらすら語る。

「海外で、エンタメ系の出版事業をやりたいんだ。既存の漫画やラノベの翻訳事業じゃなくて、日本のオタク向けエンタメの雛型《ひながた》そのものを、その土地の文化的背景で展開したいと思ってる。つまり、現地の作家を育てるとか、海外にゆかりのある日本人にクリエイトしてもらうとか、そういうことだね。それを日本語に翻訳して逆輸入したら、日本のオタク文化にも新しい潮流が生み出せると思うし。ウェブトゥーンとかの流れに近しいかな」

「はあ……」

なんだかとても壮大で希望に溢《あふ》れた話に聞こえて、咄嗟《とっさ》にそれしか言えなかった。

「加島くん、今三年だよね。来年は、俺も立ち上げを頑張らなきゃいけないんだけど、再来年度には本格的に始めたいと思ってる。だから……」

そう言って、藤並さんは少しもったいつけて俺を見た。

「もしよかったら、加島くんが卒業したら、編集者として雇いたいんだ。どうかな？」

「…………」

咄嗟に答えることのできない俺を見て、藤並さんは小声で言った。

「このままバイトしてたって、飯田橋《いいだばし》書店の正社員になれる可能性は高くないよ？　他の出版社に採用されたって、編集者として働けるとは限らない。編集者を志して入社したのに、ずっと営業やってます、総務やってます、なんて社員はざらにいるんだから」

「…………」

「加島くんは編集者に向いてると思う。だから、ぜひ君を連れていきたいんだ」

そこで、俺はハッとした。

「連れてくって……もしかして海外ですか？」

「国内での仕事もあるけど、基本はそうなるかな。立ち上げ後しばらくは特にね」

そうなのか。就職していきなり海外……月愛とのことはどうしよう。

「心配なのは、彼女のこと？」

黙っていると、そう訊《き》かれた。藤並さんは、俺が黒瀬さんの双子の姉と交際していることを知っている。

「そんなの、結婚して連れてっちゃえばいいじゃん！」

「えっ⁉」

「具体的な場所は最終決定になってないけど、候補地は東南アジアなんだ。物価も安いし、お手伝いさん付きのセレブな暮らしができるって、仲間の奥さんなんか今から楽しみにしてるよ」

「いや、結婚って……！　いきなりですか⁉」

焦《あせ》る俺に、藤並さんは他人事《ひとごと》全開の明るい表情で言う。

「いきなりがアレなら、もう今から同棲《どうせい》始めといたら？　今どきの若者は、学生の頃から同棲したりするの普通なんでしょ？」

「ど、同棲……⁉」

ど、同棲……⁉

突拍子もない提案に、心の声も、それ以上出てこない。

「うん。結婚生活の予習。いいんじゃない？」

「いや、問題はそれだけではなくてですね……彼女、保育士目指してて……」

「それなら、向こうで日本人向けにシッターの仕事とかやれば？　同じ日本人なら喜ばれそうだし」

「………」

次々に問題点を潰されてしまう、さすがは敏腕編集者だ。

そういえば、KENは今、東南アジアに住んでるんだっけなぁ、向こうに住んだらワンチャン会えるかもなぁ、なんて雑念まで出てきて、早くも心が出国している自分に驚く。

そこでカレーが運ばれてきて、藤並さんは早速自分の分を食べながら、業務連絡のようにテキパキと言った。

「会社の概要も送るし、立ち上げの進捗とか、これから定期的に連絡するから。ぜひぜひ、超前向きに考えておいてね、よろしく。あとでLINEも交換しよう」

◇

その晩、月愛と久しぶりにビデオ通話をした。昨日の今日なので、高校生の頃のような、初々《ういうい》しい甘い気持ちが、お互い胸に渦巻いていたのだと思う。

「えへへ、メリークリスマース！」

「あっ、そうか。なんかもうクリスマス終わった気がしてた」

「だよね、あたしも。昨日がサイコーすぎて」

「俺もだよ」

「ふふ。リュート、なにしてた？」

「ん？　……月愛のこと考えてた」

「えっ、嬉《うれ》しい！　あたしもー♡」

そんな甘ったるいやりとりがしばらく続いてから、俺はふと話題を提供した。

「……月愛さ、同棲って、どう思う？」

「えっ、めっちゃしたい！」

あくまでも一般論、という体で訊いたのに、月愛の食いつきはすごかった。

「うちの双子たちも、一番大変な時期は抜けたからさー。美鈴《みすず》さんも体調良くなってきたし。今あたしが家出ても、なんとかなると思うんだよね。ほら、あたしとリュートって、二人とも実家じゃん？　イチャイチャする場所がないのって、しょーみ不便だよね」

「それは……確かに……」

「同棲したら、無限にイチャイチャできるじゃん？」

「…………」

無限に!?　イチャイチャ!?

無限イチャイチャ編⁉

とてつもないパワーワードの襲来に、頭の中が一気に煩悩《ぼんのう》で支配される。

「そ、そっか……じゃあ……」

頭がふわふわして、浮かれたことしか考えられない。

でも、もしかしたら、それは月愛も一緒だったのかもしれない。

「して、みる……？」

ちょっと遠慮がちに訊いた俺に、月愛は満面の笑みで答えた。

「するするー！　わぁい♡　リュートと同棲だぁー！」

まるで買い物に行く約束みたいに、月愛は簡単にオーケーを出した。

だが、そのあとでふと。

「……なんか、申し訳ないな。あたしだけ、こんな幸せで……」

と、声のトーンを落とした。

「え？　どうしたの？」

「ニコル……なんかあったっぽいんだよね。リュート、仁志名《にしな》くんから聞いてない？」

「いや、特には……」

そこで俺は、ニッシーの決意を思い出した。

――イブに会ったら、「今夜は一緒にいたい」って誘ってみる。

山名さんの「なんかあったっぽい」態度というのは、もしかすると、そのことと関係しているのであろうか？

一旦意識に上ったら親友のことが気になり出してしまったのか、月愛《るな》はそれきり元気がなくなってしまったので、俺たちはほどなく電話を切った。

そうしたら、すぐにまたスマホが震えた。

何か言い忘れたのかな、月愛……と画面を見ると、発信元はニッシーだった。

「ニッシー？　もしもし？」

「カッシー」

聞こえてきたニッシーの声は、びっくりするほど沈んでいた。

「俺、どうしたらいいんだろう……」

「……えっ、どうしたの？」

「ゆうべ、笑琉《にこる》と一緒にいた」

それを聞いて、俺は理解した。

ニッシーの想《おも》いは、山名さんに届いたんだ。

「そっか……よかったね」

「だけどさ……」

「ん？」

ニッシーの口調が深刻なので、こちらもどういう相槌《あいづち》を打っていいのかわからない。

「……誰にも言わないでほしいんだけど、聞いてくれる？」

「うん」

俺が答えても、ニッシーはなかなかその先を言わなかった。

電波の問題を疑って、スマホから耳を離しかけたとき、ようやくニッシーが言った。

「笑琉、初めてだったんだ」

一瞬、その言葉の意味がわからなかった。

「……え？」

初めて？　一体何が……？　まさか、今俺が考えていることではないよな？

「終わったあと、めちゃくちゃ泣いてて……嬉し泣きとかじゃなくて……ほんと悲しそうに……。そのあと、寝言で言ってたんだ。『センパイ』って……」

ニッシーの言葉を聞きながら、俺は、やはりそういうことなのか……と確信した。

だけど、にわかには信じられない。

関家《せきや》さんは、山名さんと最後までせずに別れたということなのか……。

「笑琉の心にいるのは、今でも『センパイ』なのかなって思ったら……一つになれたのに、なんか、すげーどうしようもない気持ちになって……俺が望んでたことって、ほんとにこれだったのかな」

「ニッシー……」

かける言葉も見つからずに、俺は友の嘆きを聞いていた。

すると、しばらくして、ニッシーは急に無言になって。

「……ごめん。変なことで電話した。やっぱ今の、全部忘れて」

「……わかった」

そうして、俺は電話を切った。

「…………」

部屋のベッドで、誰とも繋《つな》がらずに一人きりになって。

昨晩の月愛のエッチで可愛《かわい》い姿や、これから始まるかもしれない同棲生活への期待なんかを心に浮かべつつ——。

「ニッシー……大丈夫かな……」

忘れろと言われてもすぐには忘れられずに、友の複雑な心境に思いを馳《は》せるのであった。

あとがき

キミゼロ八巻をお手に取ってくださりありがとうございます！

キミゼロ大学生編はパートナーシップがテーマの一つだと捉えているのですが、今回は龍斗《りゅうと》と月愛《るな》の関係が変化して、前進するきっかけとなる巻だったと思います。

龍斗と月愛という、違う特性を持つ人間同士が恋人として信頼と愛情を育みながらも抱えてきた問題をどう解決するのか、楽しんでお読みいただけましたら幸いです。

自分と肉体や意思を異にする人間と共に生きていくということがどういうことなのか、私もこの作品を書きながら考えています。

人間はみんなデコボコの存在なので、私のボコは誰かのデコで補われているし、私も自分のデコで誰かのボコを埋められたらいいなと思っています。下ネタじゃないですよ。

私は作家の中ではわりと普通の人だと周囲から思われていると思うんですけど、実は普通の人が難なくできるような日常的な行為でも尋常ではないほど苦手で避けてしまう事柄がいくつもあって、家族や身近な人たちがそれをわかってて代わりにやってくれたりします。それでなんとか普通の生活が送れているので、毎日ありがたく思っています。

同様に、仕事でもスケジュール管理や事務作業が苦手なんですけど、担当さんがこまめにスケジュールを立てて、リマインドをくださったりするので大変助かっています。文章しか書けない私の作品に視覚的な魅力を与えてくださる方々、他メディアに展開してくださる方々にも、心から御礼《おれい》を申し上げます。

イラストのmagako様には今回も美麗なイラストで一際彩り《ひときわいろど》を添えていただいており、感謝です！　綺麗《きてい》のキャラデザがラフから完璧すぎて、思わずえびす顔になりました。

担当編集の松林《まつばやし》様、そして短編集から本格的にご担当いただくことになった新担当の小林《こばやし》様にも大変お世話になっており、いつもありがとうございます！

発売中の短編集は、高三のエピソードを中心に楽しいお話が満載ですので、ぜひ八巻とあわせてお読みいただけましたら幸いです！

そして既報ではありますが、キミゼロはなんと、今夏ミュージカル化も予定されております！　これから公開される情報もたくさんありますので、ぜひ公式HPやXをチェックなさってみてください！　一人でも多くの方に観《み》ていただけたら嬉《うれ》しいです！

それでは、また九巻でお会いできますように！

二〇二四年四月　長岡《ながおか》マキ子《こ》

富士見ファンタジア文庫

経験《けいけん》済《ず》みなキミと、経験《けいけん》ゼロなオレが、お付《つ》き合《あ》いする話《はなし》。その8

令和6年6月20日　初版発行

著者——長岡《ながおか》マキ子《こ》

発行者——山下直久

発　行——株式会社KADOKAWA
〒102-8177
東京都千代田区富士見2-13-3
0570-002-301（ナビダイヤル）

印刷所——株式会社暁印刷

製本所——本間製本株式会社

ISBN978-4-04-075012-5 C0193 ◇◇◇

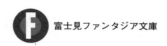